U0133661

楚尘

文化
Chu Chen

北京楚尘文化传媒有限公司 出品

龙朱集

沈从文别集

沈从文 著

中信出版集团 · 北京

图书在版编目（CIP）数据

龙朱集 / 沈从文著. -- 北京：中信出版社，
2017.2
　（沈从文别集）
　ISBN 978-7-5086-6882-6

　Ⅰ. ①龙… Ⅱ. ①沈… Ⅲ. ①短篇小说 – 小说集 – 中
国 – 现代　Ⅳ. ①I246.7

中国版本图书馆CIP数据核字 (2016) 第 256231 号

龙朱集

著　　者：沈从文
出版发行：中信出版集团股份有限公司
　　　　　（北京市朝阳区惠新东街甲 4 号富盛大厦 2 座　邮编　100029）
承　印　者：北京华联印刷有限公司

开　　本：787mm×1092mm　1/32　　　印　　张：8.125　　字　　数：106 千字
版　　次：2017 年 2 月第 1 版　　　　印　　次：2017 年 2 月第 1 次印刷
书　　号：ISBN 978-7-5086-6882-6　　广告经营许可证：京朝工商广字第 8087 号
定　　价：34.00 元

图书策划：楚尘文化

再版序

上个世纪五十年代，不少喜爱文学的读者迷上了契诃夫，这跟平明出版社接连推出 27 册汝龙翻译的《契诃夫小说选集》直接有关。

那时我家至少有三个契诃夫迷：做文学编辑的母亲、哥哥和我。谈论哪篇小说怎么怎么好，是不倦的话题。已经退出文坛改了行的父亲不参与，只有时微笑着对外人说："家里有三个契诃夫的群众。"

汝龙译的这套选集可贵之处，首先在于对作品的精选；第二是选进一些契诃夫的书信、札记，别人对他的回忆、评论等，分编到不同集子里，这些文字拉近了读者和作者的距离，是汝龙先生锦上添花的贡献。

到 1992 年编选《沈从文别集》的时候，我们自然想到从平明版《契诃夫小说选集》取法。这也是父亲的愿望，尽管他不参与"契诃夫群众"的热情讨论，汝龙这套译本的长处他胸中有数。

我问过父亲汝龙为什么常赠送新书，他只简单说："是朋友。"

母亲的补充才说清楚："他翻译的那套英文契诃夫小说是我送的。"

据我充和四姨回忆，1932年暑假，一个"说是由青岛来的，姓沈，来看张兆和的"羞涩客人，初次登苏州张家门，带的一大包礼物"全是英译精装本的俄国小说"。加尼特夫人的一套英译《契诃夫小说集》就在其中。

不懂外文的沈从文怎么买洋书？四姨说那是过上海时托巴金选购的。

父亲曾希望母亲朝文学翻译方面发展，送这样礼物包含着鼓励。愿望虽然没实现，礼物却终于转到最合适的人手里，促成被誉为契诃夫小说"最佳译本"的产生。朋友的成就四十年后启发着《沈从文别集》的编选工作。

　　当本书再版之际，我们感谢与它有缘分的几位文学前辈，也要感谢为我们想出《沈从文别集》总书名的汪曾祺先生。

沈虎雏

总　序

从文生前，曾有过这样愿望，想把自己的作品好好选一下，印一套袖珍本小册子。不在于如何精美漂亮，不在于如何豪华考究，只要字迹清楚，款式朴素大方，看起来舒服。本子小，便于收藏携带，尤其便于翻阅。八十年代初，有一家书店曾来联系过，也曾请人编了一套，交付出去。可是，落空了，未能实现。我一直认为是一件憾事。

现在湖南岳麓书社要为从文出书，我同虎雏商量，请吉首大学沈从文研究室合作，编选这么一套。这套选本和以前选法编法不同。我们在每本小册子前面，增加一些过去旧作以外的文字。有杂感，有日记，有检查，有未完成的作品，主要是书信——都是近年搜集整理出来的，大部分未发表过。不管怎样，这些篇章，或反映作者当时对社会、对文艺创作、对文史研究……的一些看法，或反映作者当时的处境，以及内心矛盾哀乐苦闷，把它们发表出来，容或有助于读者从较宽的角度对他的作品、对他的为人以及对当时的环境背景有进一步了解。

出这套书，当然，同时也了却死者和生者的一点心愿。

张兆和

一九九一年十一月二十九日

目 录

从
文
家
书
选

由长沙致张兆和

［六三年十一月十二发］

三三：天气异常寒冷，全身心均如同被寒气压缩，越来越小。独守楼房中，多多少少有些和前年在井冈山上时节情形相同。也如同廿九年前，在沅水中部，乘小小桃源划子，放乎中流，听水声汩汩，听时间消逝，时间也因之格外见得缓慢异常。[1]饭后许久，腹中还在哽着，却只能等待到时下楼吃饭，即此可以想见无聊到何等情况。于此更容易体会到"居必近市"意义。这里楼上不仅仅离开市面极远，离开一切都似乎也极远！我已写了五个提案草稿，好一回来即可誊清送出。

生命真正是种离奇的东西，每个人都不相同，取舍

---

[1]　详情见《湘行集》中的《湘行书简》。

3

相差极远。有的表面身分即或相同，事实上一到思索和行动时，即判然分别，泾渭自见。即或同是一人，在不同时期、不同环境、不同气候、不同温度，甚至于不同光线下，也会完全不相同。在家中时，总像是只一晃晃即一星期天。每天总像是时间在忙匆匆的行进中，一会会即到了天黑。时间总像不够用。这里时间便特别长了，等黄昏、盼黄昏，也好不容易！从窗口外望景界虽十分开阔，并且绿树如云，大几里连成一片，经常且有火车过路，远处留下一起白烟，在空中慢慢扩散。当画景看倒极像赵松雪或赵大年南方烟雨景子画卷，细致而柔静，秀气清润。从绿云中高矗的烈士塔，和一枝白玉笔一般，介然独立，也不俗气。但目下一切存在却仿佛各自孤立，不相粘附，找不出什么彼此关联意义。一切都似乎在寒气中被冻结住。使人回想起二千年前，同样的阴沉沉天气，贾谊以三十来岁的盛年，作为长沙王师傅，在郊外楚国废毁的祠堂庙宇间徘徊瞻眺，低低讽咏楚辞，听萧萧风声，吹送本地人举行祭祀歌舞娱神节目中远远送来的笙竽歌呼声。生当明时而去帝乡万里，阴雨中迎接黄昏，回到他的长沙王傅所住小屋中时，他的无聊应当是一种什么情景！再想想屈原，楚国当时政权正在分解中，军事上一再挫败于秦，个人则因高瞻远瞩，转而失去楚王的尊重，更受小人谗毁失去信任，而朝政却为三五弄臣佞人掌握，眼见到一切将陷于不可收拾，还是无可如何。就在这种雾雨沉沉秋冬间，终于被放逐出国，收拾行李，搭上一叶小舟，直放常德，转赴沅水上游。坐的也许正像我廿九年前上行那种小小"桃源划子"。身上虽还有一口袋楚国特制的黄金"郢锾"，和一把价值千金的"玉具剑"。两担竹简书，和一挑行李。行李中且有个竹篾编的极其精细的文具匣子，内中文房四宝一应俱全，可以供他随意写点什么。在朝时亲手编的楚国宪法，也早已用白绢书写成十卷，裹成大卷，搁在身边。自己的许多抒情感世作品，也同样分别誊写成卷，随手取来作了些校定，改动了几个错字。船在两岸绿雾苍茫中行进，想到国家的种种，听到看到岸上的祝神歌呼和火燎，他觉得好无聊！……我如再深入些些，把两人本传来作些理会，在这个情形中的必然和当然，以及在那个历史环境中的必然与当然，小妈妈，一定会写得出两个极其出色的新屈贾故事！我懂得到在这个气候下背景形成的调子应当是什么，加上从二人身世和文章中去简练揣摩，写出来一定会情感充沛，有声有色。不会像×老写《××》那么带刻板做作气。因为写这类人事实上比写翠翠、贵生还容易得多！可以从各方面去体会，去刻画，去布局润色，而作得十分准确生动。只要另一时，把我放到一个陌生地方去，如像沅陵或别的家乡大河边一个单独住处，去住三个月，由于寂寞，我会写得出好多好多这种动人东西！脑子奇怪处也就在此。我经常在什么书本上欢喜题上"人生可悯"，也正是这个意思。我深深懂得脑子里近于自小具有的想象力和后来卅年运用文字成为习惯的另一种能力，一到某种寂寞环境中，即可以（也必然会）在不甚费力情形中，作成种种结合，组织成种种幻想的或写实的故事。不论是纯粹幻想或平凡真实，都可望作得异常生动感人。由于我懂得如何即可感人！在三五千字造成一种人事画面，总会从改来改去作得完完整整的，骨肉灵魂一应俱全！这是一种天赋或官能上的敏感，也是一种长时期坚强固持的客观反复学习。两者的结合，却又和"寂寞"关系异常密切。酿酒也得一定温度，而且安静不扰乱，才逐渐成熟！生活实际对于一切的隔离，也可以说由于机能上补偿的需要，便可帮助养成一种深一层的"想象力"和"理解力"，文字若又能加以适当的概括，即可熔铸成种种有声有色的人生。凡最好的诗歌，最好的音乐，最具感染力的好画，来源几几乎完全相同，不同处只不过是它的结合成形的方式和材料安排而已。相反的一个动力，即如懂画的布局敷色，懂音乐的节奏美，懂其他许许多多不相干的（在你看来以为不相干的）什么事事物物常识常语，却又能共同促进那个先天的敏感禀赋，和后天获得的文字运用组合，在意想不到启发中，形成许多结构新巧感人灵魂的大小篇章。特别重要即是在相同人物相同故事中，却写得出格外生动神奇的故事。安徒生在童话写作中，已为我们作出了榜样。我的试验也有过一定结果，还未完全成熟，便凋萎了。如照目下训练培养方法，短篇作者所能达到的境界，大致不会是这种结果的。方法有问题。正和林师母说的浙江东阳火腿，新旧制法不同，所得结果必然不同。旧的方法似乎不怎么合符艺术科学（因为好的作品决不是从文学概论或小说作法而来），可是用得其法，不仅色香味美，而且经久不坏。一经百货公司从

7

规格出发统一制作后，东阳火腿表面上一切如旧，产量并且大有增加，但是上市供应时，大家都觉得不好吃，味道咸咸的，瘦肉成柴，贴骨处易走油泛黄，不经久。如今有关火腿问题虽然情形已明白，旧作法有独到处，但是由于新的习惯，上市的或待上市的，还是生产那种"咸肉"似的火腿，为既成局势。事实上不能说是东阳火腿！制法不同哪能有原来风味？小说呢，没有会想到重新用老方法试试看的。

小妈妈，这就是我说的你能"看小说"，[1] 可不大懂"写小说"的原因。你什么都好，就是不懂写好小说除人事外还要什么作料，以及使用作料混合作料的过程、火候、温度、时间、环境……写批评的人事实上且更加无知。

你很懂得我的好处，和懂得火腿或别的一样，懂的是"成品"。至于成品是怎么来的，作料如何选择配备，实在不大懂，不好懂。写作中实在大有辛酸！一个优秀作者在某些方面和个精密机器差不多。制造出一具灵敏机器，很不容易。花钱再多，并给以各种物质条件，精

---

[1]　收信人张兆和当时在《人民文学》杂志社小说组任编辑。

神鼓励，成就还是有限。要的是另外种种。制作、成功是在千百回失败经验中，才会得出一点点有用结果的。但是接收这种不费半文钱的机器，若不善于使用，不善于保护，毁坏却十分容易。一经毁坏，修复也就相当困难。特别是这种精细复杂机器，一经改装作别的使用后，修复就更加困难了。听个工人说，"一架机器也有机器的脾气"，何况是一个有性格的人？人的"共性"容易理解，也易于运用，人的"特性"却并不易用公式去衡量。人是一个十分复杂的机器，简化他纳入范围容易，就其所长充分加以利用，却不容易。利用还得从理解作起！

天夜后，从高处下望，第一次发现公园里一大片灯光，和星海一样。真是一种奇观。这还是第一次见到。

天老是落毛毛雨。已到了落这种雨的季节。早知如此，倒是提早回来或同过武汉看看为得计。

桂林一行可能有十来首七绝诗可写，想试试变更一种写法，杜甫陆游法，或许有点新意。写山水诗易千篇一律，因为前人言之已多。七绝一引典故，又铺不开，且难于索解，要有点味，语意不尽才可望有新的印象。将试试看。已试成一半，有比上井冈好的，也有不如的。

只怕回来大会一开，所有诗情通通冲出九霄云外。

居然夜下来了，多多少少回复到廿九年前在小船上桐油灯下为你写信心情。只是当时身边不远是三个老少船夫，船却停靠在乱石堆叠的寒江边，岸上只一二家小小茅棚。这种枯寂对于一个用头脑生活的人说来，是有意义的，有作用的，甚至于可说是不可少的。是一种真正消化人生的教育，正如同痛苦失望艰难困顿同样是一种吸取人生教育，对于一个从事写作的人说来，可以由之懂得"人生"二字，懂得什么叫作"枯寂"和"艰辛"，以及其他许多许多事情。如今困守在这个楼上，四围是白净的墙壁，所得实在不多。这么住下去，延长到三个月，若不是发狂，即将是一种完全的改造。神经系统的活动方式也会完全变更过来！最少一天将可以为你写一封长及万言，胡说八道，美妙绝伦的信！或者还可写成许许多多极短的故事，完全自成一格！

不知是否真有此种可能，即有意把自己和一切隔绝起来一定时期，试试能否恢复我的写作能力。也许会有这种可能的。现在唯一不放心处，即心脏偶然的故障，在一种和其他隔绝环境中时，将无可补救。由于不用脑想具体问题，头重已减至极小程度。

我到博物馆看了几天文物，外室看了内室看，楼上看了楼顶看，只差不曾爬进坟里去看。但已近于这样子作了。因为每天必从一具高及一丈的大型西汉棺椁前走过，上楼时，又必需从两具完完整整战国贵族骸骨边前通过。而到得库藏室时，便简直如被由商到明三千年无数座古坟包围了。看了好多有用东西，对于总的认识是十分有益的。有几点过去推测，全被新接触的出土古物证实了。这一个月的出行，真可以说是上下古今通通看到了，比较过去几次参观，得益是格外多的。

上一次从桂林过长沙时，恰和三位吸烟的同一个车厢，真是一种考验。简直无睡觉可能。希望老天爷保佑，这一回不要又是这样过廿八小时。吸烟、玩扑克、听打趣相声，这三种享受我都无福气，培养下去也无希望，因此我事先就老实告诉这里联络处的人说，最好让我坐个无人吸烟的车厢。但是若和个携带小孩的老太太在一处，而母子二人总是在吃东西，似乎也不大容易招架！

二哥

11

龙 朱

第一 说这个人

郎家苗人中出美男子，仿佛是那地方的父母全曾参预过雕塑天王菩萨的工作，因此把美的模型留给儿子了。族长儿子龙朱年十七岁，是美男子中之美男子。这个人，美丽强壮象狮子，温和谦驯如小羊，是人中模型、是权威、是力、是光，种种比譬全只为了他的美。其他德行则与美一样，得天比平常人特别多。

提到龙朱像貌时，就使人生一种卑视自己的心情。平时在各样事业得失上全引不出妒嫉的神巫，因为有次望到龙朱的鼻子，也立时变成小气，甚至于想用钢刀去刺破龙朱的鼻子。这样与天作难的倔强野心却生之于神巫。到后又却因为那个美，仍然把这神巫克服了。

郎家以及乌婆、花帕、长脚各族，[1] 人人都说龙朱像貌长得好看，如日头光明，如花新鲜，正因为这样说话的人太多，无量的阿谀，反而烦恼了龙朱了。好的风仪用处不是得阿谀。（龙朱的地位，已就应当得到各样人的尊敬歆羡了。）既不能在女人中煽动勇敢的悲欢，好的风仪全成为无意思之事。龙朱走到水边去照过了自己，相信自己的好处，又时时用铜镜检察自己，觉得并不为人过誉。然而结果如何呢？似乎龙朱不象是应当在每个女子理想中的丈夫那么平常，因此反而与妇女们离远了。

女人不敢把龙朱当成目标，做那荒唐艳丽的梦，不是女人的过错。在任何民族中，女子们不能把神做对象，来热烈恋爱，来流泪流血，不是自然的事么？任何种族的妇人，原永远是一种胆小知分的兽类，要情人，也知道要什么样情人才合乎身分。纵其中并不乏勇敢不知事故的女子，也自然能从她的不合理希望上得到一种好教

---

[1] 乌婆、花帕、长脚，以及后面提到的白脸族、白耳族等，均为作者虚设。

训。像貌堂堂是女子倾心的原由，但一个过分美观的身材，却只作成了与女子相远的方便。谁不承认狮子是孤独兽物？狮子永远孤独，就只为了狮子全身的纹彩与众不同。

龙朱因为美，有那与美同来的骄傲不？凡是到过青石冈的苗人，全都能赌咒作证，否认这个事。人人总说总爷的儿子，从不用地位虐待过人畜，也从不闻对长年老辈妇人女子失过敬礼。在称赞龙朱的人口中，总还不忘同时提到龙朱的像貌。全寨中，年青汉子们，有与老年人争吵事情时，老人词穷，就必定说，我老了，你年青人，干吗不学龙朱谦恭对待长辈？这青年汉子若还有羞耻心存在，必立时遁去，不说话，或立即认错，作揖陪礼。一个妇人与人谈到自己儿子，总常说，儿子若能象龙朱，那就卖自己与江西布客，让儿子得钱花用，也愿意。所有未出嫁的女人，都想自己将来有个丈夫能与龙朱一样。所有同丈夫吵嘴的妇人，说到丈夫时，总说你不是龙朱，真不配管我磨我；你若是龙朱，我做牛做马也甘心情愿。

还有，一个女人同她的情人，在山洞里约会，男子不失约，女人第一句赞美的话总是"你真象龙朱"。其实这女人并不曾同龙朱有过交情，也未尝听到谁个女人向龙朱约会过。

一个长得太标致了的人，是这样常常容易为别人把名字放到口上咀嚼的。

龙朱在本地方远远近近，得到如此尊敬爱重。然而他是寂寞的。这人是兽中之狮，永远当独行无伴！

在龙朱面前，人人觉得极卑小，把男女之爱全抹杀，因此这族长的儿子，却仿佛永远无从爱女人了。女人中，属于乌婆族，以出产多情才貌女子著名地方的女人，也从无一个敢来到龙朱面前，闭上一只眼，荡着她上身，向龙朱挑情。也从无一个女人，敢把她绣成的荷包，掷到龙朱身边来，也从无一个女人，敢把自己姓名与龙朱姓名编成一首歌，来在跳年时节唱。然而所有龙朱的亲随，所有龙朱的奴仆，又正因为强壮美好，正因为与龙朱接近，如何在一种沉醉狂欢中享受这个种族中年青及时女人小嘴长臂的温柔！

"寂寞的王子，向神请求帮忙吧。"

使龙朱生长得如此壮美，是神的权力，也就是神所能帮助龙朱的唯一事。至于要女人倾心。是人的事情！

要自己，或他人，设法使女人来在面前唱歌，疯狂中裸身于草席上面献上贞洁的身，只要是可能，龙朱不拘牺牲自己所有任何物，都愿意。然而不行。任怎样设法，也不行。齐梁桥的洞口终于有合拢的一日，不拘有人能说在高大山洞合拢以前，龙朱能够得到女人的爱，是不可信的事。

民族中积习，折磨了天才与英雄，不是在事业上粉骨碎身，便是在爱情中退位落伍，这不是仅仅白耳族王子的寂寞，他一种族中人，也总不缺少同样的故事！不是怕受天责罚，也不是另有所畏，也不是预言者曾有明示，也不是族中法律限止，自自然然，所有女人都将她的爱情，给了一个男子，轮到龙朱却无分了。

在寂寞中龙朱是用骑马猎狐以及其他消遣把日子混下去的。

日子如此过了四年，他二十一岁。

四年后的龙朱，没有与以前日子龙朱两样处。另一方面也许可以指出一点不同来，那就是说如今的龙朱，更象一个好情人了。年龄在这个神工打就的身体上，增加上了些更表示"力"更象男子的东西，应长毛的地方生长了茂盛的毛，应长肉的地方添上了结实的肉，一颗心，则同样因为年龄所补充的，更其能顽固的预备承受爱给与爱了。

他越觉得寂寞。

虽说齐梁洞并没有合拢，二十一岁的人年纪算青，来日正长，前途大好，然而甚么时候是那补偿填还时候呢？有人能作证，说天所给别的男子的那一份幸福与苦恼，过不久也将同样分派给龙朱么？有人敢包，说到另一时，会有个初生之犊一般的女子，不怕一切来爱龙朱么？

郎家族男女结合，在唱歌。大年时，端午时，八月中秋时，以及跳年刺牛大祭时，男女成群唱，成群舞。女人们，各自穿了峒锦衣裙，各戴花擦粉，供男子享受。平常时，大好天气下，或早或晚，在山中深阿，在水滨，唱着歌，把男女吸到一块来，即在太阳下或月亮下，成了熟人，做着只有顶熟的人可做的事。在此习惯下，一个男子不能唱歌，他是种羞辱，一个女子不能唱歌，她不会得到好丈夫。抓出自己的心，放在爱人的面前，方法不是钱，不是貌，不是门阀也不是假装的一切，只有真实热情的歌。所唱的，不拘是健壮乐观，是忧郁，是怒，是恼，是眼泪，总之还是歌。一个多情的鸟绝不是哑鸟，一个人在爱情上无力勇敢自白，那在一切事业上也全是无希望可言，这样的人决不是好人！

那么龙朱必定是缺少这一项，所以不行了。

事实又并不如此。龙朱的歌全为人引作模范的歌。用歌发誓的青年男子女人，全采用龙朱誓歌那一个韵。一个情人被对方的歌窘倒时，总说及胜利人拜过龙朱作歌师傅。凡是龙朱的声音，别人都知道。凡是龙朱唱的歌，无一个女人敢接声。各样的超凡入圣，把龙朱摒除于爱情之外，歌的太完全太好，也仿佛成为一种吃亏理由了。

有人拜龙朱作歌师傅的话，也是当真的，手下的用人，或其他青年汉子，在求爱时腹中歌词为女人逼尽，或为一种浓烈情感扼着了他的喉咙，歌唱不出心中的恩怨，来请教龙朱，龙朱总不辞。经过龙朱的指点，结果是多数把女子引回家，成了管家妇；或者领导到山洞中，互相把心愿了销。熟读龙朱的歌的男子，博得美貌善歌的女人倾心，也有过许多人。但是歌师傅永远是歌师傅，直接要龙朱教歌的，总全是男子，并无一个年青女人。

龙朱是狮子，只有说这个人是狮子，可以使平常人对于他的寂寞得到一种解释！

当地年青女人到甚么地方去了呢？懂得唱歌要男人的，都给一些歌战胜，全引诱尽了。凡是女人都明白在情欲上的固持是一种痴处，所以女人宁愿减价卖出，无一个敢屯货在家。如今只能让日子过去一个办法，因了日子的推迁，希望那新生的犊中也有那不怕狮子的犊在。

龙朱就常常这样自慰着度着每个新的日子，人事凑巧处正多着，在齐梁桥洞口合拢以前，也许龙朱仍然可以得着一种好运。

第二　说一件事

中秋大节的月下整夜歌舞，已成了过去的事了。大节的来临，反而更寂寞，也成了过去的事了。如今已到了九月。打完谷子了。拾完桐子了。红薯早挖完全下窖了。冬鸡已上孵，快要生出小鸡了。连日晴明出太阳，天气冷暖宜人。年青女子全都负了柴耙同篾笼上坡扒草。各处山坡上都有歌声，各处山洞里，都有情人在用干草铺就并撒有野花的临时床铺上并排坐或并头睡。这九月是比春天还好的九月。

龙朱在这样时候更多无聊。出去玩，打鸠本来非常相宜，然而一出门就听到各处歌声，到许多地方又免不了要碰着那成双作对的人，于是大门也不敢出了。

无所事事的龙朱，每天只在家中磨刀，这预备在冬天来剥豹皮的刀，是宝物，是龙朱的朋友。无聊无赖的龙朱，正用着那"一日数摩挲，剧于十五女"的心情来爱这口宝刀的。刀用清油在一方小石上磨了多日，光亮到暗中照得见人，锋利到把头发放近刀口，吹一口气发就成两截。然而他还是每天把这把刀来磨砺。

某天，一个比平常日子似乎更象是有意帮助青年男女"野餐"的一天，黄黄的日头照满全村，龙朱仍然在阳光下磨刀。

在这人脸上有种孤高鄙夷的表情，嘴角的笑纹也变成了一条对生存感到烦厌的线。他时时凝神听察堡外远处女人的尖细歌声，又时时顾望天空。黄日头临照到他一身，使他身上有春天温暖。天是蓝天，在蓝天作底的景致中，常常有雁鹅排成八字或一字写在那虚空。龙朱望到这些也不笑。

什么事把龙朱变成这样阴郁的人呢？郎家、乌婆族、花帕、长脚……每一族的年青女人都应负责，每一对年青情人都应致歉。妇女们，在爱情选择中遗弃了这样完全人物，是菩萨神鬼不许可的一件事，是爱神的耻辱，是民族灭亡的先兆。女人们对于恋爱不能发狂，不能超越一切利害去追求，不能选她顶欢喜的一个人，不论是什么种族，这种族都近于无用，很象汉人，也很显明了。

龙朱正磨刀，一个五短身材的奴隶走到他身边来，伏在龙朱的脚边，用手攀他主人的脚。

龙朱瞥了一眼，仍然不做声，低头磨刀。

这个奴隶抚着龙朱的脚也不做声。

远处正有一片歌声飞来。过了一阵，龙朱发声了，声音象唱歌，在揉和了庄严和爱的调子中夹着一点儿愤懑，说："矮子，你又不听我话，做这个样子！"

"主，我是你的奴仆。"

"难道你不想做朋友吗？"

"我的主，我的神，在你面前我永远卑小。谁人敢在你面前平排？谁人敢说他的尊严在美丽的龙朱面前还有存在必须！谁人不愿意永远为龙朱作奴作婢？谁……"

龙朱用顿足制止了矮奴的奉承，然而矮奴仍然把最后一句"谁个女子敢想象爱上龙朱？"恭维得不得体的话说毕，才站起来。

矮奴站起了，也仍然如平常人跪下一般高。矮人似乎真适宜于作奴隶的。

龙朱说："甚么事使你这样可怜？"

"在主面前看出我的可怜，这一天我真值得生存了。"

"你人太聪明了。"

"经过主的称赞，呆子也成了天才。"

"我说的是毫不必须的'聪明'，是令人讨厌的废话。我问你，到底有甚么事？"

"是主人的事，因为主在此事上又可见出神的恩惠。"

"你这个只会唱歌不会说话的人，真要我打你了。"

矮奴到这时才把话说到身上。这时他哭着脸，表明自己的苦恼和失望，且学着龙朱生气时顿足的神气。这行为，若在别人猜来，也许以为矮子服了毒，或者肚脐被山蜂所螫，所以作成这样子，表明自己痛苦，至于龙朱，则早已明白，猜得出矮子的郁郁不乐，不出赌博输钱或失欢女人两件事。

龙朱不作声，高贵的笑，于是矮子说：

"我的主，我的神，我的事是瞒不了你的。在你面前的仆人，又被一个女子欺侮了！"

"得了，谁能欺侮你？你是一只会唱谄媚曲子的鸟，被欺侮是不会有的事！"

"但是，主，爱情把仆人变成一只蠢鸟了。"

"只有人在爱情中变聪明的事。"

"是的，聪明了，仿佛比其他时节聪明了一点点，但在一个比自己更聪明的人面前，我看出我自己蠢得象一只猪。"

"你这土鹦哥平日的本事往甚么地方去了？"

"平时哪里有什么本事呢！这只土鹦哥，嘴巴大，身体大，唱的歌全是学来的，不中用。"

"把你所学的全唱唱，也就很可以打胜仗。"

"唱虽唱过了，还是失败。"

龙朱皱了一皱眉毛，心想这事怪。

然而一低头，望到矮奴这样矮，便了然于矮奴的失败是在身体，不是在歌喉了，龙朱微笑说：

"矮东西，莫非是为你像貌把你事情弄坏了。"

"但是她并不曾看清楚我是谁。若果她知道我是在美丽无比的龙朱王子面前的矮奴，那她早被我引到黄虎洞做新娘子了。"

"我不信。一定是你土气太重。"

"我赌咒，这个女人不是从声音上量得出我身体长短的人。但她在我的歌声上，却一定把我心的长短量出了。"

龙朱还是摇头，因为自己即或见到矮人站在面前，至于度量这矮奴心的长短，还不能够的。

"主，请你信我的话。这是一个美人，许多人唱枯了喉咙，还为她所唱败！"

"既然是好女人，你也就应当把喉咙唱枯，为她吐血，才是爱。"

"我喉咙枯了，才到主面前来求救。"

"不行不行，我刚才还听过你恭维了我一阵，一个真正为爱情绊倒了脚的人，他决不会过一阵又能爬起来说别的话！"

"主啊，"矮奴摇着他那颗大头颅，悲声的说道："一个死人在主面前，也总有话赞扬主的完全美好，何况奴仆呢。奴仆是已为爱情绊倒了脚，但一同主人接近，仿佛又勇气勃勃了。主给人的勇气比何首乌补药还强十倍。我仍然唱去。让人家战败了，我也不说是主的奴仆。不然别人会笑主用着这样一个蠢人，丢了郎家的光荣！"

矮奴于是走了。但最后说的几句话，却激起了龙朱的愤怒，把矮子叫着，问，到底女人是怎样的女人。

矮奴把女人的脸，身，以及歌声，形容了一次，矮奴的言语，正如他自己所称，是用一枝秃笔与残余颜色涂在一块破布上的。在女人的歌声上，他就把所有青石冈地方有名的出产比喻净尽。说到象甜酒，说到象枇杷，说到象三羊溪的鳜鱼，说到象大兴场的狗肉，仿佛全是可吃的东西。矮奴用口作画的本领并不整脚。

在龙朱眼中，看得出矮奴有点儿饥饿，在龙朱心中，则所引起的，似乎也同甜酒狗肉引起的欲望相近。他有点好奇，不相信，就同到一起去看看。

正想设法使龙朱快乐的矮奴，见说主人要出去，当然欢喜极了，就着忙催主人出寨门往山中去。

不一会，这郎家的王子就到山中了。

藏在一堆干草后面的龙朱，要矮奴大声唱出去，照他所教的唱。先不闻回声。矮奴又高声唱。过一会。在对山，在毛竹林里，却答出歌来了。音调是花帕族中女子悦耳的音调。

龙朱把每一个声音都放到心上去，歌只唱三句，就止了。有一句留着待答歌人解释。龙朱就告给矮奴答复这一句歌。又教矮奴也唱三句出去，等那边解释。龙朱的歌意思是：凡是好酒就归那善于唱歌的人喝，凡是好肉也应归善于唱歌的人吃，只是你姣好美丽的女人应当归谁？

女人就答一句，意思是：好的女人只有好男子才配。她且即刻又唱出三句歌来，就说出什么样男子方是好男子。说好男子时，提到龙朱的大名，又提到别的两个人的名，那另外两个名字却是历史上的美男子名字，只有龙朱是活人。女人的意思是：你不是龙朱，又不是××××，你与我对歌的人究竟算什么人？你胡涂，你不用妄想。

"主，她提到你的姓名！她骂我！我就唱出你是我的主人，说她只配同主人的奴隶相交。"

龙朱说："不行，不要唱了。"

"她胡说，应当要让她知道她是只够得上为主人擦脚的女子。"

然而矮奴见龙朱不作声，也不敢回唱出去了。龙朱的心深沉到刚才几句歌中去了。他料不到有女人敢这样大胆。虽然许多女子骂男人时，都总说："你不是龙朱。"这事却又当别论了。因为这时谈到的正是谁才配爱她的问题。女人能提出龙朱名字来，女人骄傲也就可知了。龙朱想既然这样，就让她先知道矮奴是自己的用人，再看情形如何。

于是矮奴依照龙朱所教的，又唱了四句。歌的意思是：吃酒糟的人何必说自己量大，没有根柢的人也休想同王子要好，若认为搅了水的酒总比酒糟还行，那与龙朱的用人恋爱也就很写意了。

谁知女子答得更妙，她用歌表明她的身分，说，只有乌婆族的女人才同龙朱用人相好，花帕族女人只有外族的王子可以论交，至于花帕苗中的自己，为预备在郎家苗中与男子唱歌三年，再预备来同龙朱对歌的。

矮子说："我的主，她尊视了你却小看了你的仆人，我要解释我这无用用人并不是你的仆人，免得她知道了耻笑！"

龙朱对矮奴微笑，说："为甚么你不应当说'你对山的女子，胆量大就从今天起始来同我龙朱主人对歌'呢？你不是先才说到要她知道我在此，好羞辱她吗？"

矮奴听龙朱说的话，还不很相信得过，以为这只是主人说的笑话。他想不到主人因此就会爱上这个狂妄大胆的女人。他以为女人不知对山有龙朱在，唐突了主人，主人纵不生气，自己也应当生气。告女人龙朱在此，则女人虽觉得羞辱了，可是自己的事情也完了。

龙朱见矮奴迟疑，不敢接声，就打一声吆喝，让对山人明白，表示还有接歌的气概，尽女人起头。龙朱的行为使矮奴发急，矮奴说："主，你在这儿我已没有歌了。"

"你照我意思唱下去，问她胆子既然这样大，就拢来，看看这个如虹如日的龙朱。"

"我当真要她来？"

"当真！要她来我看看是甚么样女人，敢轻视我们说不配同花帕族女子相好！"

矮奴又望了望龙朱，见主人情形并不是在取笑他的用人，就全答应下来了。他们歌唱出口后，于是等待着女子的歌声，稍过一会，女子果然又唱起来了。所唱的意思是：对山的竹雀你不必叫了，对山的蠢人你也不必唱了，还是想法子到你龙朱王子的奴仆跟前学三年歌，再来开口。

矮奴说："主，这话怎么回答？她要我跟龙朱的用人学三年歌，再开口，她还是不相信我是你最亲信的奴仆，还是在骂我郎家苗的全体！"

龙朱告矮奴一首非常有力的歌，唱过去，那边好久好久不回。矮奴又提高喉咙唱。回声来了，大骂矮子，说矮奴偷龙朱的歌，不知羞，至于龙朱这个人，却是值得在走过的路上撒满鲜花的。矮奴烂了脸，不知所答。年青的龙朱，再也不能忍下去了，小心小心，压着了喉咙，平平的唱了四句。声音的低平仅仅使对山一处可以明白，龙朱是正怕自己的歌使其他男女听到，因此哑喉半天的。龙朱的歌中意思就是说：唱歌的高贵女人，你常常提到郎家苗一个平凡的名字使我惭愧，因为我在我族中是最无用的人，所以我族中男子在任何地方都有情人，独名字在你口中出入的龙朱却仍然是个独身。

不久，那一边象思索了一阵，也幽幽的唱和起来了，唱的是：你自称为郎家苗王子的人我知道你不是，因为这王子有银锣银钟的声音。本来呢，拿所有花帕苗年青女子供龙朱作垫还不配，但爱情是超过一切的事情，所以你也不要笑我。所歌的意思，极其委婉谦和，音节又极其整齐，是龙朱从不闻过的好歌。因为对山女人总不相信与她对歌的是龙朱，所以龙朱不由得不放声唱了。

这歌是用顶精粹的言语，自顶纯洁的一颗心中摇着，从一个顶甜蜜的口中喊出，成为顶热情的音调。这样一来所有一切声音仿佛全哑了。一切鸟声与一切远处歌声，全成了这王子歌时和拍的一种碎声。对山的女人，从此沉默了。

龙朱的歌一出口，矮奴就断定了对山再不会有回答。这时节等了一阵，还无回声，矮奴说："主，一个在奴仆当来是劲敌的女人，不等主的第二个歌已压倒了。这女人前不久还说大话，要与郎家王子对歌，她学三十年还不配！"

　　矮奴不问龙朱意见许可不许可，就又用他不高明的中音唱道：

　　　　你花帕族中说大话的女子，

　　　　大话以后不用再说了，

　　　　若你欢喜作郎家王子仆人的新妇，

　　　　他愿意你过来见他的主同你的夫。

　　仍然不闻有回声。矮奴说，这个女人莫非害羞上吊了吧。矮奴说的原只是笑话，然而龙朱却说过对山看看去。龙朱说后就走，沿山谷流水沟下去。跟到龙朱身后追着，两手拿了一大把野黄菊同山红果的，是想做新郎的矮奴。

　　矮奴常说，在龙朱王子面前，跛脚的人也能跃过阔涧。这话是真的。如今的矮奴，若不是跟了主人，这身长不过四尺的人，就决不会象腾云驾雾一般的飞！

第三　唱歌过后一天

"狮子，我说过你，永远是孤独的！"郎家为一个无名勇士立碑，曾有过这样句子。

龙朱昨天并没有寻着那唱歌人。到女人所在处的毛竹林中时，不见人。人走去不久，只遗了无数野花。跟踪各处追，还是见不着。各处找遍了，山中不少好女子，各躺在草地唱歌歇憩，见龙朱来时，识与不识都立起来怯怯的如为龙朱的美所征服。见到的女子，问矮奴是不是那一个人，矮奴总摇头。

龙朱又重复回到女人唱歌地方，别无所有，只见一片落英洒在垫坐在干草上。望到这个野花的龙朱，如同嗅过血腥气的小豹，虽按捺自己咆哮，仍不免要憎恼矮奴走得太慢。其实那走在前面的是龙朱，矮奴则两只脚象贴了神行符，全不自主，只仿佛象飞。矮奴无过错。不过女人比鸟儿，这称呼得实在太久了，不怕主仆二人走得怎样飞快，鸟儿毕竟还是先已飞往远处去了！

天气渐渐夜下来，各处有鸡叫，各处有炊烟，龙朱废然归了家。那想作新郎的矮奴，跟在主人的后面，把所有的花全丢了，两只长手垂到膝下，还只说见了她非抱她不可，万料不到自己是拿这女人在主人面前开了多少该死的玩笑！天气当时原是夜下来了。矮奴又是跟在龙朱王子的后面，望不到主人脸上的颜色。一个聪明的仆人，即或怎样聪明，总也不会闭了眼睛知道主人心情的。

龙朱过了一个特别的烦恼日子，半夜睡不着，起来怀了宝刀，披上一件豹皮小褂，走到堡墙上去了望。无所闻，无所见，入目的只是远山上的野烧明灭。各处村庄全睡尽了，大地也睡了。寒月凉露，助人悲思，于是这个少年王子，仰天叹息，悲怀抒郁。且远处山下，听有孩子哭声，如半夜醒来吃奶时情形，龙朱更难自遣。

龙朱想，这时节，各地各处，那洁白如羔羊温和如鸽子的女人，岂不是全都正在新棉絮中做好梦？当地的青年，在日里唱歌倦了的心，作工疲倦了的身体，岂不是在这时节也全得到休息了么？只是那扰乱了自己心思的女人，究竟在什么地方呢？她不应当如同其他女人，在新棉絮中做梦。她不应当有睡眠。她这时应当来思索她所歆慕的王子的歌声。她应当野心扩张，希望我凭空

34

而下。她应当为思我而流泪，如悲悼她情人的死去。……但是，这女子究竟是什么人的女儿？

烦恼中的龙朱，拔出刀来，向天作誓说："你大神，你老祖宗，神明在左在右，我龙朱不能得到这女人作妻，我永远不与女人同睡，承宗接祖事我不负责！若爱情必需用血来掉换时，我愿意在神面前立约，我如得到她，斫下一只手也不翻悔！"

立过誓后的龙朱，回转自己的屋中，和衣睡了。睡后不久，就梦到女人缓缓唱歌而来，身穿白衣白裙，钉满了小小银泡，头发纷披在身后，模样如救苦救难观世音。女人的神奇，使白耳族王子屈膝，倾身膜拜。但是女人却不理会，越去越远了。白耳族王子就赶过去，拉着女人的衣裙。女人回过头笑了。女人一笑，龙朱就勇敢了，这王子猛如豹子擒羊，把女人连衣抱起飞向一个最近的山洞中去。龙朱做了男子。龙朱把最武勇的力，最纯洁的血，最神圣的爱，全献给这梦中女子了。

郎家的大神是能护佑青年情人的，龙朱所要的，业已由神帮助得到了。

日里的龙朱，已明白昨夜一个好梦所交换的是些什么了，精神反而更充实了一点，坐到那大石磴上晒太阳，在太阳下深思人世苦乐的分界。

矮奴愁眉双结走进院中来，来到龙朱脚边伏下，龙朱轻轻用脚一踢，就乘势一个筋斗，翻然而起。

"我的主，我的神，若不是因为你有时高兴，用你尊贵的脚踢我，奴仆的筋斗决不至于如此纯熟！"

"讨厌的东西，你该打十个嘴巴。"

"那大约因为口牙太钝，本来是在主跟前的人，无论如何也应当比奴仆聪明十倍！"

"唉，矮陀螺，你又在做戏了。我警告了你不知道有多少回，不许这样，难道全都忘记了么？你大约似乎把我当做情人，来练习一种精粹诣媚技能吧。"

"惶恐！奴仆是当真有一种野心，在主面前来练习一种技能，以便将来把主的神奇编成历史的。"

"你近来一定赌博又输了，缺少钱扳本，一个天才在穷时越显得是天才，所以这时节的你到我面前时寡话就特别多。"

"是的，我赌输了，损失不少。但输的不是金钱，是爱情！"

"我以为你肚子这样大，爱情纵输也输不尽的！"

"用肚子大小比爱情贫富，主的想象真是历史上大诗人的想象。不过，……"

矮奴从龙朱脸上看出龙朱今天情形不同往日，所以不说了。这据说爱情上赌输了的矮奴，看得出主人有要出去走走的样子，就改口说：

"这样好的天气，真是日头神特意为主出游而预备的天气，不出去象不大对得起这大神一番好意！"

龙朱说："日神为我预备的天气我倒好意思接受，你为我预备的恭维我可受不了。"

"本来主并不是人中的皇帝，要依靠恭维阿谀而生存。主是天上的虹，同日头与雨一块儿长在世界上的，赞美形容自然多余。"

"那你为甚么还是这样唠唠叨叨？"

"在美好月光下野兔也会跳舞，在主的光明照耀下我当然比野兔聪明一点儿。"

"够了！随我到昨天唱歌女人那地方去，或者今天可以见见那个女人。"

"主呵，我就是来报告这件事。我已经探听明白了。女人是黄牛寨寨主的姑娘。据说这寨主除会酿制好酒以外就是会养女儿。寨中据说姑娘有三个，这是第三的，还有大姑娘二姑娘不常出来。不常出来的据说生长得更美。这全是有福气的人享受的！我的主，当我听到女人是这家人的姑娘时，我才知道我是一只癞蛤蟆。这样人家的姑娘，为郎家王子擦背擦脚，勉勉强强。主若是想要，我们就差人抢来。"

龙朱稍稍生了气，说："给我滚了吧，矮子，白耳族的王子是抢别人家的女儿的么？说这个话不知羞么？"

矮奴当真就把身卷成一个球，滚到院中一角去。这样，算是知羞了。然而听过矮奴的话以后的龙朱怎样呢？三个女人就在离此不到三里路的堡寨里，自己却一无所知，白耳族的王子真是多么愚蠢！到第三的小鸟也能出窠迎太阳与生人唱歌，那大姐二姐早已成了熟透的桃子多日了。让好女人守在家中等候那命运中远方大风吹来的美男子作配，这是神的意思。但是神这意思又是多么自私！龙朱如今既把情形探明白了，也不要风，也不要雨，自己马上就应当走去！

龙朱不再理会矮奴就跑出去了。矮奴这时节正在用手代足走路，作戏法娱龙朱，见龙朱一走，知道主人脾气，也忙站起身追出去。

"我的主，慢一点，别太忙！在笼中蓄养的雀儿是始终飞不远的，主你白忙有什么用？"

龙朱虽听到后面矮奴的声音，却仍不理会，如一枝箭向黄牛寨射去。

快要到大寨边，郎家的王子是已全身略觉发热了。这王子，一面想起许多事，还是要矮奴才行，于是就去到一株大榆树下的青石墩上歇憩。这个地方再有两箭远近就是那黄牛寨用石砌成的寨门了。树边大路下是一口大井。溢出井外的水成一小溪活活流着，溪水清明如玻璃，井边有人低头洗菜。龙朱顾望这人的背影是一个青年女子，心就一动。一个圆圆肩膊，一个大大的发髻，髻上簪了一朵小黄花。龙朱就目不转睛的注意这背影转移，以为总可以有机会见到她的脸。在那边大路上，矮奴却象一只海豹匍匐气喘走来了。矮奴不知道路下井边有人，只望到龙朱，恐怕龙朱冒冒失失走进寨里去却一无所得，就大声嚷：

"我的主，我的神，你不能冒失进去，里面的狗象豹子！虽说你是山中的狮子，无怕狗道理，但是为甚么让笑话留给这花帕族，说狮子会被家养的狗吠过呢？"

龙朱也来不及喝止矮奴，矮奴的话却全为洗菜女人听到了。听到这话的女人，就嗤的笑了。且知道有人在背后，才抬起头回转身来，望了望路边人是甚么样子。

这一望情形全了然了。不必道名通姓，也不必再看第二眼，女人就知道路上的男子便是白耳族的王子，是昨天唱过了歌今天追跟到此的王子，郎家王子也同样明白了这洗菜的女人是谁。平时气概轩昂的龙朱，看日头不映眼睛，看老虎也不动心，只略微把目光与女人清冷的目光相遇，却忽然觉得全身缩小到可笑的情形中了。女人的头发能系大象，女人的声音能制怒狮，这青年王子屈服到这寨主女儿面前，也是平平常常的一件事啊！

矮奴走到了龙朱身边，见到龙朱失神失志的情形，又望见了井边女人的背影，情形已明白了五分。他知道这个女人就是那昨天唱歌被主人收服的女人，且知道这时候无论如何女人也明白蹲在路旁石墩上的男子是龙朱。他有点慌张，不知所措，对龙朱作出一种呆样子，又用一手掩自己的口，一手指女人。

龙朱轻轻附到他耳边说："聪明的扁嘴，这时节，是你做戏的时节！"

矮奴于是咳了一声嗽。女人明知道了头却不回。矮奴于是又把音调弄得极其柔和，象唱歌一样的开口说道：

"郎家王子的仆人昨天做了错事，今天特意来当到他主人在姑娘面前陪礼。不可恕的过失永远不可恕，因此我如今把姑娘想对歌的人引导前来了。"

女人头不回却轻轻说道：

"跟着凤凰飞的乌鸦也比锦鸡还好。"

矮奴说：

"这乌鸦若无凤凰在身边，就有人要拔它的毛……"

说出这样话的矮奴，毛虽不曾拔，耳朵却被龙朱拉长了。小子知道了自己猪八戒性质未脱，赶忙陪礼作揖。听到这话的女人，笑着回过头来，见到矮奴情形，更好笑了。

矮奴见女人掉回了头，就又说道：

"我的世界上唯一良善的主人，你做错事了。"

"为甚么？"龙朱很奇怪矮奴有这种话，所以追问。

"你的富有与慷慨，是各族中全知道的，所以用不着在一个尊贵的女人面前赏我金银，那本来不必需，你的良善喧传远近，所以你故意这样教训你的奴仆，别人也相信你不是会发怒的人。但是你为甚么不差遣你的奴仆，为那花帕族的尊贵姑娘把菜篮提回，表示你应当同她说说话呢？"

　　郎家的王子与黄牛寨主的女儿，听到这个话全笑了。

　　矮奴话还说不完，才责备了主人又来自责。他说：

　　"不过郎家王子的仆人，照理他应当不必主人使唤就把事情做好，是这样他才配说是龙朱好仆人——"

　　于是，不听龙朱发言，也不待那女人把菜洗好，走到井边去，把菜篮拿来挂到屈着的手肘上，向龙朱眨了一下眼睛，却回头走了。

　　龙朱迟了许久才走到井边去。

　　十天后，龙朱用三十只牛三十坛酒下聘，作了黄牛寨寨主的女婿。

一九二九年作于上海

原载《红黑》第一期

神巫之爱

第一天的事

在云石镇寨门外边大路上，有一群花帕青裙的美貌女子，守候那神的神巫来临。人为数约五十，全是极年青，不到二十三岁以上，各打扮得象一朵花。人人能猜拟神巫带来神的恩惠给全村的人，却带了自己的爱情给女人中的某一个。因此凡是寨中年青貌美的女人，都愿意这幸福能落在她头上，所以全来到此地了。她们等候那神巫来到，希望幸运留在自己身边，失望分给了众人，结果就把神巫同神巫的马引到自己的家中；把马安顿在马房，把神巫安顿在她自己的有新麻布帐子山棉作絮的房里。

在云石镇的女人心中，把神巫款待到家，献上自己的身，给这神之子受用，是以为比作土司的夫人还觉得荣幸的。

云石镇的住民，属于花帕族。花帕族的女人，正仿佛是为全世界上好男子的倾心而生长得出名美丽的，下品的下品至少还有一双大眼睛与长眉毛，使男子一到面前就甘心情愿作奴当差。今天的事，却是许多稍次的女人也不敢出面竞争了。每一个女人，能多将神巫的风仪想想，又来自视，无有不气馁失神，嗒然归去。

在一切女人心中，这男子应属于天上的人。纵代表了神，到各处降神的福佑，与自己的爱情，却从不闻这男子恋上了谁个女人。各处女人用颜色或歌声尽一切的诱惑，神巫直到如今还是独身，神巫大约是在那里有所等候的。

神巫是在等待谁？生在世间的人，不是都得渐渐老去么？美丽年青不是很短的事么？眼波樱唇，转瞬即已消逝，神巫所挥霍抛弃的女人的热情，实在已太多了。就是今天的事，五十人中倘有一个为神巫加了青眼，那就有其余四十九人对这青春觉到可恼。美丽的身体若无炽热的爱情来消磨，则这美丽也等于累赘。花帕族及其他各族，女人之所以精致如玉，聪明若冰雪，温柔如棉絮，也就可以说是全为了神的儿子神巫来注意！

好的女人不必用眼睛看，也可以从其他感觉上认识出来的。神巫原是有眼睛的人，就更应当清楚各部落里美中完全的女人是怎样多。为完成自己一种神所派遣到人间来的意义，他一面为各族诚心祈福，一面也应当让自己的身心给一个女人所占有！

是的，他明白这个。他对于这事情比平常人看得更分明。他并无奢望，只愿意得到一种公平的待遇，在任何部落中总不缺少那配得上他的女人，眯着眼，抿着口，做着那欢迎他来摆布的样子。他并不忘记这事情！许多女人都能扰乱他的心，许多女人都可以差遣他流血出力。可是因为另外一种理由，终于把他变成骄傲如皇帝了。他因为做了神之子，就仿佛无做人间好女子丈夫的分了。他知道自己的风仪是使所有的女人倾倒，所以本来不必伟大的他，居然伟大起来了。他不理任何一个女人，就是不愿意放下了其余许多美的女子去给世上坏男人脏污。他不愿意把自己身心给某一女人，意思就是想使所有世间好女人都有对他长远倾心的机会。他认清楚神巫的职分，应当属于众人，所以他把他自己爱情的门紧闭，独身下来，尽众女人爱他。

每到一处，遇到有女人拦路欢迎，这男子便把双眼闭上，拒绝诱惑。女人却多以为因自己貌丑，无从使神巫倾心，引惭退去。落了脚，住到一个宿处后，所有野心极大的女人，便来在窗外吹笛唱歌。本来窗子是开的，神巫也必得即刻关上，仿佛这歌声烦恼了他，不得安静。有时主人自作聪明，见到这种情形，必定还到门外去用恶声把逗留在附近的女人赶走，神巫也只对这头脑单纯的主人微笑，从不说过主人是做错了事。

花帕族的女人，在恋爱上的野心等于白脸族男子打仗的勇敢，所以每次闻神巫来此作傩，总有不少的人在寨外来迎接这美丽骄傲如狮子的神巫。人人全不相信神巫是不懂爱情的男子，所以上一次即或失败，这次仍然都不缺少把神巫引到家中的心思。女子相貌既极美丽，胆又非常大，明白这地方女人的神巫，骑马前来，在路上就不得不很慢很慢的走了。

时间是烧夜火以前。神巫骑在马上，看看再翻一个

46

山，就可以望到云石镇的寨前大梧桐树了，他勒马不前，细细的听远处唱歌声音。原来那些等候神巫的年青女人，各人分据在路旁树荫下，盼望得太久，大家无聊唱起歌来了。各人唱着自己的心事，用那象春天的莺的喉咙，唱得所有听到的男子都沉醉到这歌声里。神巫听了又听，不敢走动。他有点害怕，前面的关隘似乎不容易闯过，女子的勇敢热情推这一镇为最出名。

追随在他身后的一个仆人，肩上扛的是一切法宝，正感到沉重，想到进了寨后找到休息的快活，见主人不即行动，明白主人的意思了。仆人说道：

"我的师傅，请放心，女人不是酒，酒这东西是吃过才能醉人的。"他意思是说女人是想起才醉人，当面倒无妨。原来这仆人是从龙朱的矮奴领过教的，说话的聪明机智许多人都不能及。

可是神巫装作不懂这仆人的聪明言语，很正气的望了仆人一眼。仆人在这机会上就向主人微笑，表示他什么事全清清楚楚，瞒不了他。

神巫到后无话说，近于承认了仆人的意见，打马上前了。

马先是走得很快，然而即刻又慢下来了。仆人追上了神巫，主仆两人说着话，上了一个小小山坡。

"五羊，"神巫喊着仆人的名字，说："今年我们那边村里收成真好！"

"做仆人的只盼望师傅有好的收成，别的可不想管它。"

"年成好，还愿时，我们不是可以多得到些钱米吗？"

"师傅，我需要铜钱和白米养家，可是你要这个有什么用？"

"没有钱我们不挨饿吗？"

"一个年青男人他应当有别一种饥饿，不是用钱可以买来的。"

"我看你近来是一天脾气坏一天，讲的话怪得很，必定是吃过太多的酒把人变胡涂了。"

"我自己哪知道？在师傅面前我不敢撒谎。"

"你应当节制，你的伯父是酒醉死的，那时你我都很小，我是听黄牛寨教师说的。"

"我那个伯父倒不错！酒也能醉死人吗？"他意思是

女人也不能把主人醉死，酒算什么东西。

神巫却不在他的话中追究那另外意义，只提酒，他说：

"你总不应当再这样做。在神跟前做事的人，荒唐不得。"

"那大约只是吃酒，师傅！另外事情——象是天许可的那种事，不去做也有罪。"

"你是真在亵渎神了，你这大蒜！"

照例是，主人有点生气时，就拿用人比蒜比葱，以示与神无从接近，仆人就不开口了。这时坡上了一半，还有一半上完就可以望到云石镇。在那里等候神巫来到的年青女人，是在那里唱着歌，或吹着芦管消遣这无聊时光的。快要上到山顶，一切也更分明了。仆人为了救济自己的过失，所以不久又开了口。

"师傅，我觉得这些女人好笑，全是一些蠢东西！学竹雀唱歌谁希罕？"

神巫不答，骑在马上伸手摘了路旁土坎上一朵野菊花，把这花插在自己的鬓边。神巫的头上原包有一条大红绸首巾，配上一朵黄菊，显得更其动人的妩媚。

仆人见到神巫情形，也随手摘了一朵花插在头上，他头上包的是深黄布首巾，花是红色。有了这花，仆人更象蒋平了。他在主人面前，总愿意一切与主人对称，以便把自己的丑陋衬托出主人的美好。其实这人也不是在爱情上落选的人物，世界上就正有不少龙朱矮奴所说的，"吃掺了水的酒也觉得比酒糟还好的女人"来与这神巫的仆人论交！

翻过坡，坡下寨边女人的歌声是更分明了。神巫意思在此间等候太阳落坡，天空有星子出现，这些女人多数回家煮饭去了，他就可以赶到族总家落脚。

他不让他的马下山，跳下马来，把马系在一株冬青树下，命令仆人也把肩上的重负放下休息，仆人可不愿意。

"我的师傅，一个英雄他应当在日头下出现！"

"五羊，我问你，老虎是不是夜间才出到溪涧中喝水？"

仆人笑，只好把一切法宝放下了。因为平素这仆人是称赞师傅为虎的，这时不好意思说虎不是英雄。他望到他主人坐到那大青石上沉思，远处是柔和的歌声，以及忧郁的芦笛，就把一个镶银漆朱的葫芦拿给主人，请主人喝酒。

神巫是正在领略另外一种味道的，他摇头，表示不要酒。

五羊就把葫芦的嘴对着自己的嘴，仰头骨嘟骨嘟喝了许多酒，用手抹了葫芦的嘴又抹自己的嘴，也坐在那石上听歌。

清亮的歌，呜咽的笛，在和暖空气中使人迷醉。

日头正黄黄的晒满山坡，要等候到天黑还有大半天的时光！五羊有种脾气，不走路时就得吃喝，不吃喝时就得打点小牌，不打牌时就得睡！如今天气正温暖宜人，五羊真愿意睡了。五羊又听到远处鸡叫狗叫，更容易引起睡眠的欲望，他当到他主人面前一连打了三个哈欠。

"五羊，你要睡就睡，我们等太阳落坡再动身。"

"师傅，你的命令我反对一半承认一半。我实在愿意在此睡一点钟或者五点钟，可是我觉得应当把我的懒惰赶走，因为有人在等候你！"

"我怕她们！我不知道这些女人为什么独对我这样多情，我奇怪得很。"

"我也奇怪！我奇怪她们对我就不如对师傅那么多

情。如果世界上没有师傅，我五羊或者会幸福一点，许多人也幸福一点。"

"你的话是流入诡辩的，鬼在你身上把你变成更聪明了。"

"师傅，我若是聪明，便早应当把一个女人占有了师傅，好让其余女子把希望的火蹐熄，各自找寻她的情夫！可是如今却怎么样？因了师傅，一切人的爱情全是悬在空中。一切……"

"五羊，够了。我不是龙朱，你也莫学他的奴仆，我要的用人只是能够听命令的人。你好好为我睡了吧。"

仆人于是听命，又喝了一口酒，把酒葫芦搁在一旁，侧身躺在大石上，用肘作枕，准备安睡。但他仍然有话说，他的口除了用酒或别的木楦头塞着时总得讲话的。他含含糊糊的说道：

"师傅，你是老虎！"

这话是神巫听厌了的，不理他。

仆人便半象唱歌那样低低哼道：

"一个人中的虎，因为怕女人的缠绕，不敢在太阳下见人，……

"不敢在太阳下见人，要星子嵌在蓝天上时才敢下山，……

"没有星子，我的老虎，我的师傅，你怎么样？"

神巫知道这仆人有点醉了，不理会，还以为天气实在太早，尽这个人哼一阵又睡一阵也无妨于事，所以只坐到原处不动，看马吃路旁的草。

仆人一面打哈欠一面又哼道：

"黄花岗的老虎，人见了怕；白耳族的老虎，它只怕人。"

过了一会仆人又哼道：

"我是个光荣的男子，花帕族小嘴白脸的女人，你们全来爱我！

"把你们的嘴，把你们的臂，全送给我，我能享受得下！

"我的光荣是随了我主人而来的……"

他又不唱了。他每次唱了一会就歇一回想，象神巫念诵祷词一样。他为了解释他有理由消受女人的一切温柔，旋即把他的资格唱出。他说：

"我是千羊族长的后裔，黔中神巫的仆人，女人都应归我。

"我师傅怕花帕族的妇人，却还敢到云石镇上行法事，我的光荣……

"我师傅勇敢的光荣，也就应当归仆人有一份。"

这仆人说时是闭上眼睛不望神巫颜色的。因了葫芦中一点酒，使这个人完全忘了形，对主人的无用处开起玩笑来了。

远处花帕族女人唱的歌，顺风来时字句还听得清楚，在半醉半睡情形中的仆人耳中，还可以得其仿佛，他于是又唱道：

> 你有黄莺喉咙的花帕族妇人，为什么这样发痴?
>
> 春天如今早过去了，你不必为他歌唱。
>
> 神巫虽是美丽的男子，但并不如你们所想象的勇敢与骄傲；
>
> 因为你们的歌同你们那唱歌的嘴髻，他想逃遁，他逃遁了。

不到一会，仆人的鼾声代替了他的歌声，安睡了。这个仆人在朦胧中唱的歌使神巫生了一点小小的气，为了他在仆人面前的自尊起见，他本想上了马一口气冲下山去。更其使他心中烦恼的，是那山下的花帕族年青女人歌声。那样缠绵的把热情织在歌声里，听歌人却守在一个醉酒死睡的仆人面前发痴，这究竟算是谁的过错呢？

这时节，若果神巫有胆量，跳上了马，两脚一夹把马跑下山，马颈下铜串铃远远的递了知会与花帕族所有年青女人，那在大路旁等候那瑰奇秀美的神巫人马来到面前的女人，是各自怎么样心跳血涌！五十颗年青的，母性的，灼热的心，在腔子里跳着，然而那使这些心跳动的男子，这时却仍然是坐在那大路旁，低头默想种种逃遁的方法。人间可笑的事情，真没有比这个更可笑了。

他望到仆人五羊甜睡的脸，自己又深恐有人来不敢睡去。他想起那寨边等候他来的一切女人情形，微凉的新秋的风在脸上刮，柔软的撩人的歌声飘荡到各处，一种暧昧的新生的欲望摇撼到这个人的灵魂，他只有默默的背诵着天王护身经请神保佑。

神保佑了他的仆人，如神巫优待他的仆人一样，所以花帕族女人不应当得到的爱情，仍然没有谁人得到。

神巫是在众人回家以后的薄暮，清吉平安来到云石镇的。

到了住身的地方时，东家的院后大树上正叫着猫头鹰，五羊放下了法宝，摇着头说：

"猫头鹰，白天你虽无法睁眼睛，不敢飞动，你仍然不失其为英雄啊！"

那树上的一只猫头鹰，象不欢喜这神巫仆人的赞美，扬翅飞去了。神巫望到这从龙朱矮奴学来乖巧的仆人微笑，就坐下去，接受老族总双手递来的一杯蜂蜜茶。

到了夜晚，在云石镇的箭坪前成立了一座极堂皇的道场。

晚上的事

松明，火把，大牛油烛，依秩序一一燃点起来，照得全坪通明如白昼。那个野猪皮鼓，在五羊手中一个皮槌重击下，蓬蓬作响声闻远近时，神巫上场了。

他头缠红巾，双眉向上竖。脸颊眉心擦了一点鸡血，红缎绣花衣服上加有朱绘龙虎黄纸符箓。他手执铜叉和镂银牛角，一上场便有节拍的跳舞着，还用呜咽的调子念着娱神歌曲。

他双脚不鞋不袜，预备回头赤足踩上烧得通红的钢犁。那健全的脚，那结实的腿，那活泼的又显露完美的腰身转折的姿势，使一切男人羡慕、一切女子倾倒。那花鼓声蓬蓬下拍动的铜叉上圈儿的声音，与牛角呜呜喇喇的声音，使人相信神巫的周围与本身，全是精灵所在。

围看跳傩的人不下两百三百，小孩子占了五分之一，女子们占了五分之二，成年男子占了五分之二，一起在坛边成圈站立。小孩子善于唱歌的，便依腔随韵，为神巫助歌。女子们则只惊眩于神巫的精灵附身半疯情形，把眼睛睁大，随神巫身体转动。

五羊这时酒醒了。但他又沉醉到一种事务中，全部精神集中在主人的踊跃行为上，匀匀的击打着身边那一面鼓。他把鼓槌按拍在鼓边上轻轻的敲，又随即用力在鼓心上打。他有时用鼓槌揉着鼓面，发出一种人的声音，有时又沉重一击忽然停止。他脸为身旁的柴火堆熏得通红，头是那么象饭箩摇摆。平时一见女人即发笑的脸上，这时却全无笑容，严重得象武庙的泥塑的关夫子了。

神巫把身一踊，把脚一顿，再把牛角向空中画一大圈，五羊把鼓声压低下去，另外那个打锣的人也把锣稍停，忽然象从一只大冰柜中倾出一堆玻璃，神巫用他那银钟的喉咙唱出歌来了。

神巫的歌说：

你大仙，你大神，睁眼看看我们这里人！
他们既诚实，又年青，又身无疾病，
他们大人能喝酒，能作事，能睡觉，
他们孩子能长大，能耐饥，能耐冷，
他们牯牛能耕田，山羊能生仔，鸡鸭能孵卵，
他们女人会养儿子，会唱歌，会找她所欢喜的情人！

你大神，你大仙，排驾前来站两边！
关夫子身跨赤兔马，
尉迟恭手拿大铁鞭！

你大仙，你大神，云端下降慢慢行！
张果老驴上得坐稳，

铁拐李脚下要小心！

福禄绵绵是神恩，
和风和雨神好心，
好酒好饭当前陈，
肥猪肥羊火上烹！

洪秀全，李鸿章，
你们在生是霸王，
杀人放火尽节全忠各有道，
今来坐席又何妨！

慢慢吃，慢慢喝，
月白风清好过河！
醉时携手同归去，
我当为你再唱歌！

神巫歌完锣鼓声音又起，人人拍手迎神，人人还呐喊表示欢迎唱歌的神的仆人。神巫如何使神驾云乘雾前来降福，是人不能明白知道的事，但神巫的歌声，与他那种优美迷人的舞蹈，是已先在云石镇上人人心中得到幸福欢喜了。

神巫把歌唱完，帮手把宰好的猪羊心献上，神巫在神面前作揖，磕头，翻筋斗，鼓声转沉，神巫把猪羊心丢到铁锅里去，用手咬诀，喷一口唾沫，第一堂法事就完结了。

神巫退下坛来时，坐到一张板凳上休息，把头上的红巾除去，首事人献上茶，神巫一手接茶一手抹除额上的汗。这时节，一些小孩子，把五羊包围了，争着抢五羊手上的槌，想打鼓玩。五羊站到一张凳上不敢下来，大声咤叱那顶顽皮的在扯他裤子的孩子。神巫这一面，则是族总、地保、屯长，与几个上年纪的地方老人陪着，因此年青女人只能远远站在一旁了。

场坪上，各处全是火炬，树上也悬挂得有红灯，所以凡是在场的人皆能互相望到。神巫所在处，靠近神像边，有大如人臂的天烛，有火燎，有七星灯，所以更其光明如昼。在火光下的神巫，虽作着神的仆人的事业，但在一切女人心中，神的数目不可知，有凭有据的神却只应有一个，就是这神巫。他才是神，因为有完美的身体与高尚的灵魂。神巫为众人祈福，人人皆应感谢神巫，不过神巫歌中所说的一切神，从玉皇大帝到李鸿章，若果真有灵，能给云石镇人以幸福，就应把神巫分给花帕族所有的好女子，至少是这时应当让他来在花帕族女人面前，听那些女人用敷有蜜的情歌摇动他的心，不合为一些年老男子包围保护！

这样的良夜，风又不冷，满天是星，正适宜于年青人在洞中幽期密约，正适宜于在情妇身边放肆作一切顽皮的行为，正适宜于倦极做梦。把来到云石镇唱歌娱神的神巫，解下了法衣，放下了法宝，科头赤足来陪一个年青花帕族女人往无人处去，并排坐到一个大稻草堆上看天上的流星，指点那流星落去的方向，或者用药面喂着那爱吠的狗，悄悄从竹园爬过一重篱到一个女人窗下去轻轻拍窗边的门，女人把窗推开援引了这人进屋，神见到这天气，见到这情形，神也不至于生气！

为了神巫外貌的尊严，以及年老人保护的周密，一切女人真是徒然有了这美貌，徒然糟蹋了这一年无多几日的天气。各人的野心虽大，却无一个女人能勇敢的将神巫从火光下抢走。虽说"爱情如死之坚强"，然任何女人，对这神巫建设的堡垒，亦无从下手攻打。

休息了一会，第二次神巫上场，换长袍为短背心，鼓声逢逢打了一阵，继着是大铜锣铛铛的响起来，神巫吹角，角声上达天庭，一切情形复转热闹，正做着无涯好梦的人全惊醒了。

第一堂法事为献牲，第二堂法事为祈福。

祈福这一堂法事，情形与前一次完全两样了，照规矩，神巫得把所有在场的人叫到身边来，瞪着眼，用着神的气派，询问这人想神给他什么东西，这人实实在在说过心愿后，神巫即向鬼王瞪目，再向天神磕头，用铜剑在这人头上一画完事。在场的人若太多时，则照例只推举十来个人出场，受神巫的处置，其余也同样得到好处了。因为在大傩中的人，请求神的帮助，不出几件事：要发财，要添丁，要家中人口清吉，要牛羊孳乳，要情人不忘恩负义。纵有些人也希望凭了神的保佑将仇人消灭的，这类不合理要求，当然无从代表。然而互相向神纳贿，则互相了销，神的威灵仿佛独于这一件事无应验，所以受神巫处置的纵多，也不能出二十个人以上。

锣鼓惊天动地的打，神巫跷起一足旋风般在场中转，只要再过一阵，把表一上，就应推举代表向神请愿了。这时在场年青女人，都有一种野心，想在对神巫诉愿时，说着请求神把神巫给她的话。在神巫面前请求神许可她爱神巫，也得神巫爱她，是这样，神就算尽了保佑弱小的职分了。在场一百左右年青女人，心愿莫不是要神帮忙，使神巫的身心归自己一件事，所以到了应当举出年青女人向神请愿时，因为一种隐衷，人人都说因为事是私事，只有各自向神巫陈说为好。

众女人为这事争持着，尽长辈排解也无法解决。神巫明白今夜的事情糟，男子流血女人流泪，全是今夜的事。他只默然不语，站到场坪中火堆前，火光照到这英雄一个如天神。他四顾一切争着要祈福的女人，全有着年青美丽的身体与洁白如玉的脸额，全都明明的把野心放在衣外，图与这年青神巫接近。各人的竞争，即表明各人的爱心的坚固，得失之间各人皆具有牺牲的决心。

族中当事人，也有女侄在内，情形也是大体明白了，劝阻无效，只有将权利付之神巫自己。

那族中最年高的一个，见到自己两个孙女也包了花格子绸巾在场，照例族中的尊严，是长辈也无从干预年青人恋爱，他见到这事情争持下去也不会有结果，于是站到凳上去，宣告自己的意见。

他先拍掌把一切的纷扰镇平，演说道：

"花帕族的姊妹们，请安静，听一个痴长九十一岁的老人说几句话。

"对于祈福你们不愿意将代表举出，这是很为难的。你们的意见，是你们至上的权利，花帕族女人纯洁的心愿，我不能用高年来加以干预。我并不是不明白你们意思的。

"只是很为难，今天这大傩是为全镇全族作的，并不是我个人私有，也不是几个姊妹们私有。这是全镇全族的利益。这傩事，应当属于在场的公众，所以凡近于足以妨碍傩事的个人利益要求，我们是有商量考虑的必要。

"如今的夜晚天气是并不很长的，这还是新秋，这事也请诸位注意。若果照诸位希望，每一个人，（有女人就说，并不是每一人，是我们女子！）是的，单是女子。让我来大体数数吧，一五，一十，十五，二十……这里象你们这样年青的姑娘，是七十五个。或者还不止。试问七十五个女人，来到神巫身前，把心愿诉尽，又得我们这可敬爱的神巫一一了愿，是作得到的事么？你们这样办，你们的心愿神巫是知道了，（他觉得说错了话又改口说）你们的心愿神是知道了，只是你们不觉得使神巫过于疲倦是不合理的事吗？这样一来，到天亮还不能作第三堂法事，你们不觉得是妨碍了其他人的利益与事务吗？

"我花帕族的女人，是知道自由这两个字的意义的。她知道自己的权利也知道别人的权利，你们可以拿你们自己所要求的去想想。"

有女人就说："我们是想过了，这事情我们愿意决定于神巫，他当能给我们公平的办法。"

演说的老人就说道：

"这是顶好的，既然这样，我们就把这事情请我们所敬爱的神巫解决。来，第二的龙朱，告我们事情应当怎么办。（他向神巫）你来说一句话，事情由你作主。（女人听到这话全拍手喊好。）

"不过，姊妹们，不要因为太欢喜忘了我们族中女子的美德！诸位应记着花帕族女人的美德是热情的节制，男子汉才需要大胆无畏的勇敢！我请你们注意，就因为不要为我们尊敬的神巫见笑。

"诸位，安静一点，听我们的师傅吩咐吧。"

女人中，虽有天真如春风的，听到族长谈到花帕族女人的美德，也安静下来了。全场除了火燎爆声外，就只有谈话过多的老年族总喉中发喘的声音。

神巫还是身向火燎低头无语，用手叩着那把降魔短剑。

打鼓的仆人五羊，低声的说道：

"我的师傅，你不要迟疑了，神是对于年青女人请求从不曾拒绝的，你是神的仆，应照神意见行事。"

"神的意见是常常能使他的仆人受窘的！"

"就是这样也并无恶意！应当记着龙朱的言语，年青的人对别人的爱情不要太疏忽，对自己的爱情不要太悭吝。"

神巫想了一会，就抬起头来，琅琅说道：

"诸位伯叔兄弟，诸位姑嫂姊妹，要我说话我的话是很简单的。神是公正的，凡是分内的请求他无拒绝的道理。神的仆人自然应为姊妹们服务，只请求姊妹们把希望容纳在最简单的言语里，使时间不至于耽搁过多。"

说到此，众人复拍手，五羊把鼓打着，神巫舞着剑，第一个女子上场到神巫身边跪下了。

神巫照规矩瞪眼厉声问女人，仿佛口属于神，眼睛也应属于神，自己全不能审察女人口鼻眼的美恶。女人轻轻的战栗的把愿心说出，她说：

"我并无别的野心，我只请求神让我作你的妻，就是一夜也好。"

神巫听到这吓人的愿心，把剑一扬，喝一声"走"，女人就退了。

第二个来时，说的话却是愿神许他作她的夫，也只要一天就死而无怨。

第三个意思不外乎此，不过把话说得委婉一点。

第四第五……全是一个样子，全给神巫瞪目一喝就走了。人人先仿佛觉到自己希望并不奢，愿心一说给这人听过后，心却释然了。以为别的女子也许野心太大，请神帮忙的是想占有神巫全身，所以神或者不能效劳，至于自己则所望不奢，神若果是慈悲的，就无有不将怜悯扔给自己的道理。人人仿佛向神预约了一种幸福，所有的可以作为凭据的券就是临与神巫离开时那一瞪。事情的举行出人意料的快，不到一会，在场想与神巫接近一致心事的年青女人就全受福了。女人事情一毕，神巫稍稍停顿了跳跃，等候那另外一种人的祈福。在这时，忽然跑过来一个不到十六岁的小女孩，赤了双脚，披了长长的头发，象才从床上爬起，穿一身白到神巫面前跪下，仰面望神巫。

神巫也瞪目望女人，望到女人一对眼，黑睛白仁象用宝石做成，才从水中取出安置到眶中。那眼眶，又是《庄子》一书上的巧匠手工做成的。她就只把那双眼睛瞅定神巫，她的请求是简单到一个字也不必说的，而又象是已经说得太多了。

他在这光景下有点眩目，眼睛虽睁大，不是属于神，应属于自己了。他望到这女人眼睛不旁瞬，女人也不做声，眼睛却象那么说着："跟了我去吧，你神的仆，我就是神！"

这神的仆人，可仍然把心镇住了，循例的大声的喝道："什么事，说！"

女人不答应，还是望到这神巫，美目流盼，要说的依然象是先前那种意思。

这神巫有点迷乱、有点摇动了，但他不忘却还有七十多个花帕族的美貌年青女子在周围，故旋即又吼问是为什么事。

女人不作答，从那秀媚通灵的眼角边浸出两滴泪来了。仆人五羊的鼓声催得急促，天空的西南角正坠下一大流星，光芒如月。神巫望到这眼边的泪，忘了自己是神的仆人了，他把声音变成夏夜一样温柔，轻轻的问道：

"洞中的水仙，你有什么事差遣你的仆人？"

女人不答。他又更柔和的说道：

"你仆人是世间一个蠢人，有命令，吩咐出来我照办。"

女人到此把宽大的衣袖，擦干眼泪，把手轻轻抚摩神巫的脚背，不待神巫扬那铜剑先自退下了。

神巫正想去追赶她，却为一半疯老妇人拦着请愿，说是要神帮她把战死的儿子找回，神巫只好仍然作着未完的道场，跳跳舞舞把其余一切的请愿人打发完事。

第二堂休息时，神巫蹙着双眉坐在仆人五羊身边。五羊蹲到主人脚边，低声的问师傅为什么这样忧郁。这仆人说：

"我的师傅，我的神，什么事使你烦恼到这样子呢？"

神巫说："我这时比往日颜色更坏吗？"

"在一般女人看来，你是比往日更显得骄傲了。"

"我的骄傲若使这些女人误认而难堪，那我仍得骄傲下去。"

"但是，难堪的，或者是另外一个人！一个人能勇敢爱人，在爱情上勇敢即失败也不会难堪的。难堪只是那些无用的人所有的埋怨。不过，师傅，我说你有的却只是骄傲。"

"我不想这骄傲了，无味的贪婪我看出我的错来了。我愿意做人的仆。不愿意再做神的仆了。"

五羊见到主人的情形，心中明白必定是刚才请愿祈福一堂道场中，主人听出许多不应当听的话了，这乖巧仆人望望主人的脸，又望望主人插到米斗里那把降魔剑，心想剑原来虽然挥来挥去，效力还是等于面杖一般。大致一切女人的祈福，归总只是一句话，就是请神给这个美丽如鹿骄傲如鹤的神的仆人，即刻为女人烦恼而已。神显然是答应了所有女人的请愿，所以这时神巫烦恼了。

祈了福，时已夜半，在场的人，明天有工做的男子都回家了，玩倦了的小孩子也回家了，应当照料小孩饮食的有年纪女人也回家了。场中人少了一半，只剩下了不少年青女人，预备在第四堂法事末尾天将明亮满天是流星时与神巫合唱送神歌，就便希望放在心上向神预约下来的幸福，询问神巫是不是可以实现。

看出神巫的骄傲，是一般女子必然的事，但神巫相信那最后一个女人，却只会看出他的忧郁。在平时，把自己属于一人或属于世界，良心的天秤轻重分明，择重弃轻他就尽装骄傲活下来。如今则天秤已不同了。一百个或一千个好女人，虚无的倾心，精灵的恋爱，似乎敌不过一个女子实际的物质的爱为受用了。他再也不能把世界上有无数女子对他倾心的事引为快乐，却甘心情愿自己对一个女人倾心来接受烦恼了。

他把第三堂的法事草草完场，于是到了第四堂。在第四堂末了唱送神歌时，大家应围成一圈，把神巫围在中间，把稻草扎成的蓝脸大鬼掷到火中烧去，于是打鼓打锣齐声合唱。神巫在此情形中，去注意到那穿白绒布衣的女人，却终无所见。他不能向谁个女子打听那小女孩属姓，又不能把这个意思向族总说明，只在人中去找寻。他在许多眼睛中去发现那熟习的眼睛，在一些鼻子中发现那鼻子，在一些小口中发现那小口，结果全归失败。

把神送还天上，天已微明。道场散了，所有的花帕族青年女人，除了少数性质坚毅野心特大的还不愿离开神巫，其余女人均负气回家睡觉去了。

随后神巫便随了族总家扛法宝桌椅用具的工人返族总家，神巫后面跟得是一小群年青女人。天气微寒，各人皆披了毯子，这毯子本来是供在野外情人作坐卧用的东西，如今却当衣服了。女人在神巫身后，低低的唱着每一个字全象有蜜作馅的情歌，直把神巫送到族总的门外。神巫却颓唐丧气，进门时头也不回。

第二天的事

神巫思量在云石镇逗留三天。这意见是直到晚上做过第二堂道场才决定的。这神的仆人，当真愿意弃了他的事业，来作人的仆人了。

他耳朵中听过上千年青女人的歌声，还能矜持到貌若无动于心。他眼见到过一千年青女人向他眉目传情，他只闭目不理。就是昨晚上，在第二堂道场中，七十多个女人，跑到这骄傲的人面前诉说心愿，他为了自尊与自私，也俨然目无所睹耳无所闻，只大声吒叱行他神仆的职务。但是一个不用语言诉说的心愿，呆在他面前不到两分钟，却为他看中，非寻找这女人不可了。

见到主人心不自在的仆人五羊，问主人说：

"师傅，差遣你蠢仆去做你所要做的事吧，他在听候你的命令。"

"事情是神所许可的事，却不是我应当做的事！"

"既然神也许可，人还能违逆吗？逆违神的意见，地狱是在眼前的。"

"你是做不到这事的，因为我又不愿意她以外的人知道我的心事。"

"我准可以做到，只要师傅把那人的像貌说出来，我一定要她来同师傅相会。"

"你这个人只是舌头勇敢，别无能耐！"

"师傅，你说！你说！金子是在火里炼出来的，我的能力要做去才知道。"

"你这人，我对你的酒量并不怀疑，只是吃酒以外的事无从信托你。"

"试试这一次吧，师傅你若相信各样的强盗也可以进爱情的天堂，那么，一个欢喜喝一杯两杯酒的人为什么不能当一点较困难的差事呢？"

神巫不是龙朱，五羊却已把矮奴的聪明得到，所以神巫不能不首肯了。

神巫就告他仆人，说是那白衣的女人，他一见就如何钟情。因为女人是最后一个来到场中受福，五羊也早将这女人记到心上了。五羊说请师傅放心，在此等候好消息，神巫只好点首应允，五羊就笑笑的走去了。

去了半天还不回来，神巫心上着急。天气实在太好了，神巫想自己出门走走，又恐怕无仆人在身边，到外面碰到花帕族女人包围时无法脱身。他悔不该把五羊打发出门，因为五羊还不知道什么时候才能醉醺醺回家。

族总知道神巫极怕女人麻烦，所以特为把他安置到这个单独院落。

神巫因为寂寞，又不能睡觉，就从旁门走到族总住的正院去找人谈话。到了那边，人全出门了，见到一个小孩坐在堂屋地下不起，用手蒙脸啼哭，这英雄把孩子举起逗孩子发笑。孩子见有人抱，不哭了，只睁了眼看望神巫。神巫忽然觉得这眼睛是极熟习的谁一个人的眼睛了。他想了一会，记起了昨夜间那个人。他又望孩子的身上所穿的衣，就正是白色，如同昨夜那女人所穿一个样子。他正在对小孩子发痴，那一边门旁一个人赫然出现，他手忙脚乱不知所措，把小孩放下怔怔望到那人无言无语。原来这就正是昨夜那求神请愿的少年女子。在日光下所见到的女人颜色，如玉如雪更其分明了。女人精神则如日如霞，微惊中带着惶恐，用手扶着门框，对神巫出神。

"我的主人，昨夜里在星光下你美丽如仙，今天在日光下你却美丽如神了。"

女人腼腆害羞不作回答，还是站立不动。

神巫于是又说道：

"神啊！你美丽庄严的口辅，应当为命令愚人而开的，我在此等候你的使唤。我如今已从你眼中望见天堂了，就即刻入地狱也死而无怨。"

小孩子，这时见到了女人，踊跃着要女人抱，女人低头无声走到孩子身边来，把孩子抱起放在怀中，用口吮小孩小小的手，温柔如观音。

神巫又说道：

"我生命中的主宰，一个误登天堂用口渎了神圣的尊严的愚人，行为如果引起了你神圣的憎怒，你就使他到地狱去吧。"

女人用温柔的眼睛，望了望这个善于辞令的美男子，却返身走了。

神巫是连用手去触这女人衣裙的气概也消失了的，见到女人走时也不敢走上去把女人拦住，也不能再说一句话。女人将身消失到芦帘背后以后，这神的仆人，惶遽情形比失去了所有法宝还可笑，只站到堂屋正中搓手。

他不明白这是神的意思，还是因为与神意思相反，所以仍然当面错过了机会。

照花帕族的格言所说，"凡是幸运它同时必是孪生！"神巫想起这格言，预料到这事只是起始并不是结局，所以并不十分气馁，回到自己住屋了。

但他的心是不安定的，他应当即刻就知道一切详细。

他不能忍耐等到五羊回来，却决定走出去找五羊了。

正准备起身出门时节，五羊却匆匆忙忙跑回来了，额上全是大的汗，一面喘气一面用手抹额上的汗，脸上笑容荡漾象迎喜时节的春官。

"舌头勇敢的人，你得了些什么好消息了呢？"

"是师傅的福分，我把师傅所要知道的全得到了。我在三里外一个地方见到人中的神了，我此后将一世唱赞美我自己眼睛有福气的歌。"

"我只怕你见到的是你自己眼中的酒神，还是喝一辈子的酒吧。"

"我可以赌咒，请天为我作证。我此时的眼睛有光辉照耀。可以证明我所见不虚。"

"在你眼中放光的，我疑心是一只萤火虫。"

"冤枉！谁说天上日头不是人人明白的东西？世上瞎眼人也知道日头光明，你当差的就蠢到这样吗？"这时他想起另外证据来了。"我还有另外证据在此，请师傅过目。这一朵花它是有来由的。"

仆人把花呈上，一朵小小的蓝野菊，与通常遍地皆生的东西一个样子，看不出它有什么特异处。

"饶舌的人，我不明白这花有什么用处？"

"我来替这菊花向师傅诉说吧。我命运是应当在龙朱脚下揉碎的，谁知给一个姑娘带走了，我坐到姑娘发上有半天，到后跌到了一个……哈哈，这样的因缘我把这花带回来了。我只请我主人，信任这不体面的仆人，天堂的路去此不远，流星虽美却不知道哪一条路径。"

"我恐怕去天堂只有一条路径。"神巫意思是他自己已先到过天堂了。

"就是这不体面仆人所知道的一条！"

"有小孩子没有？"

"师傅，罪过！让我这样说一句撒野的话吧，那'圣地'是还无人走过的路！"

神巫听到此时不由得不哈哈大笑，微带嗔怒的大声说道：

"不要在此胡言谵语了，你自己到厨房找酒喝去吧。你知道酒味比知道女人多一点，你的鼻子是除了辨别烧酒以外没有其他用处的。你去了吧，你只到厨房去，在喝酒以前，为我探听族总家有几个姑娘年在二十岁以内，还有一个孩子是这个人的儿子。听清我的话没有？"

仆人五羊把眼睛睁得多大，不明白主人意思。他还想分辩他所见到的就是主人所要的一个女人，他还想找出证据，可是主人把这个人用力一推，他已跟跟跄跄跌到门限外了。他喊说，师傅，听我的话！神巫却訇的把门关上了。这仆人站到门外多久，想起必是主人还无决心，又想起那厨房中大缸的烧酒，自己的决心倒拿定了，就撅嘴蹩脚向大厨房走去。

五羊去了以后，神巫把那一朵小蓝菊花拿在手上，这菊花若能说话就好了。他望到这花感到无涯的幸福。他不相信他刚才所见到的是另外一个女人，他不相信仆人的话有一句是真。一个太会说话的人，所说的话常常不是事实，他不敢信任五羊也就是这理由的。

不过，平时诚实的五羊，今日又不是大醉，所见到的人当然也总美得很。这女人是谁家的女人？若这花真从那女人头上掉下，则先一刻在前面院子所见到的又是谁？如果"幸福真是孪生"，女人是孪生姊妹，那神巫在选择上将为难不知应如何办了。在两者中选取一个，将用什么为这倾心的标准？人世间不缺少孪生姊妹，可不闻有孪生的爱情。

他胡思乱想了大半天。

他又觉得这决不会错误，眼睛见到的当然比耳朵听来的更可靠，人就是昨夜那个人！但是这儿子属于谁的种根？这女子的丈夫是谁？……这朵花的主人又究竟是谁？……他应当信任自己，信任以后又有何方法来处置自己？

这时节，有人在外面拍掌，神巫说，"进来！"门开了，进来一个人。这人从族总那边来，传达族总的言语，请师傅过前面谈话。神巫点点头，那人就走了。神巫一会儿就到了族总正屋，与族总相晤于院中太阳下。

"年青的人呀，如日如虹的丰采，无怪乎世上的女人都为你而倾心，我九十岁的人一见你也想作揖！"

神巫含笑说：

"年深月久的树尚为人所尊敬，何况高年长德的人？江河的谦虚因而成其伟大，长者对一个神前的仆人优遇，他不知应如何感谢这人中的大江！"

"我看你心中好象有不安样子，是不是夜间的道场累坏了你？"

"不，年长的祖父。为地方父老作事，是不应当知道

80

疲乏的。"

"是饮食太坏吗？"

"不，这里厨子不下皇家的厨子，每一种菜单看看也可以使我不厌！"

"你洗不洗过澡了？"

"洗过了。"

"你想你远方的家吗？"

"不，这里同自己家中一样。"

"你神气实在不妥，莫非有病。告给我什么地方不舒畅？"

"并没有不舒畅地方，谢谢祖父的惦念。"

"那或者是病快发了，一个年青人是免不了常为一些离奇的病缠倒的。我猜的必定是昨晚上那一批无知识女人扰乱了你了。这些年青女孩子，是常常因为太热情的缘故，忘了言语与行动的节制的。告给我，她们中谁在你面前说过狂话的没有？"

神巫仍含笑不语。

族总又说：

"可怜的孩子们！她们是太热情了。也太不自量了。

她们都以为精致的身体应当奉献给神巫。都以为把爱情扔给人间美男子为最合理。她们不想想自己野心的不当，也不想想这爱情的无望。她们直到如今还只想如何可以麻烦神巫就如何做，我这无用的老人，若应当说话，除了说妒忌你这年青好风仪以外，不知道还可以说什么话了。"

"祖父，若知道晚辈的心如何难过，祖父当同情我到万分。"

"我为什么不知道你难过？众女子千中选一，并无一个够得上配你，这是我知道的。花帕族女子虽出名的美丽，然而这仅是特为一般年青诚实男子预备的。神为了显他的手段，仿照了梁山伯身材造就了你，却忘了造那个祝英台了！"

"祖父，我倒并不这样想！为了不辜负神使我生长得中看的好意，我是应当给一个女子作丈夫的。只是这女子……"

"爱情不是为怜悯而生，所以我并不希望你委屈于一个平常女子脚下。"

"天堂的门我是无意中见到了，只是不知道应如何进去。"

"那就非常好！体面的年青人，我愿意你的聪明用在爱情上比用在别的事还多，凡是用得到我这老人时，老人无有不尽力帮忙。"

"……"神巫欲说不说，蹙了双眉。

"不要愁！爱情是顽皮的，应当好好去驯服。也不要把心煎熬到过分。你烦闷，何不出去走走呢？若是想打猎，拿我的枪，骑我的马，同你仆人到山上去吧。这几日那里可以打到很肥的山鸡。怕人注意你顶好是戴一个面具去。不过我想来这也无多大用处，一个瞎子在你身边也会觉得你是体面的。就是这样子去吧。乘此可以告给一切女人，说心已属了谁，那以后或者也不至于出门受麻烦了。天气实在太好了，不应当辜负这好天气。"

神巫骑马出门了，马是自己那一匹，从族总借来的长枪则由五羊扛上。扛着长枪跟在马后的五羊，肚中已灌满麦酒与包谷酒了，出得门来听到各处山上的歌声，这汉子也不知不觉轻轻的唱起来。

他停顿了一步，望望在前面马上的主人，却唱道：

你用口成天唱歌的花帕族女人，

你们的爱情全失败了。

那骑白马来到镇上的年青人，

已为一个穿白衣女人用眼睛抓住了。

你花帕族的男人，

要情人到别处赶快找去！

从今以后族中的女人，

把爱情将完全变成妒嫉！

神巫回过头来，说：

"好好为我把口合拢，不然我将用路上的泥土塞满你的嘴巴。"

五羊因为有点醉了，慢一步，停留下来，稍与主人距离远一点，仍然唱道：

我能在山中随意步行，

全得我体面师傅的恩惠，

我师傅已不怕花帕族女人，

我决不见女人就退。

你唱歌想爱神巫的乖巧女人，

此后的歌应当改腔改调！

那神巫如今已为一个女子的情人，

你的歌当问他仆人"要爱情不要？"

神巫在马上听到这歌了，又回过头来，望着这醉人情形，带嗔的说道：

"五羊，你是当真想吃马屎是不是？"

五羊忙解释，说是因为牙齿痛，非哼不行，所以一哼就成歌了。

"既是这样，我明天把你的牙齿拔去，看还痛不痛。"

"师傅，那么我以后因为拔牙时疼痛的缘故，可以成年哼了。"

神巫见这仆人醉时话比醒时多一倍，就只有尽他装牙痛唱歌，自己打马上前了。马一向前跑，谁知这仆人因为追马，倒仿佛牙齿即刻就好了，歌也不唱了。一跑跑到了一个溪边，一只水鸭见有人来，振翅乎乎飞去，五羊忙收拾枪交把主人，等到神巫举枪瞄准时，那水鸭已早落到远处芦丛中不见了。

"完了。龙朱仆人说：凡是笼中蓄养的鸟一定飞不远。这只水鸭子可不是家养的！我们沿溪走吧。"

神巫等候了一阵，不见这水鸭出现，只好照五羊意见走走。这时五羊在前，因为溪边路窄他牵马。走了一会，五羊又哼起来了。

笼中畜养的鸟它飞不远，

家中生长的人却不容易寻见。

我若是有爱情交把女子的人，

纵半夜三更也得敲她的门。

神巫在五羊说出"门"字以前就勒住马了。他不走了，昂首望天上白云，若有所计划。

"师傅，古怪，你把马一勒，我这牙齿倒好了，要唱歌也唱不来了。"

"你少作怪一点！你既然刚才说那个人的家离这里不远，我们就到她家中去看看吧。"

"要去也得一点礼物，我们应向山神讨一双小白兔才象样子！"

"照你主意吧，你安排一下。"

五羊这时可高兴了。照习惯打水边的鸟时可以随便，至于猎取山上的兽与野鸡，便全应当向山神通知一声。通知山神办法是用石头在土坑边或大树下砌一堆，堆下压一绺头发与青铜钱三枚，设此的人略一致术语，即行了。有了通知则容易得到所想得的东西，五羊此时即来办这件事。他把石头找得，扯下了自己头发一小绺，摸出小钱，蹲下身去，如法炮制。骑在马上的神巫，等候着，望着遥天的云彩。

不知是山神事忙，还是所有兔类早得了山神警戒不许出穴，主仆两人在各处找寻半天的结果，连一匹兔的影子也不曾见到，时间居然不为世界上情人着想，夜下来了。黄昏薄暮中的神巫，人与马停顿在一个小阜上面，望云石镇周围各处人家升起的炊烟，化成银色薄雾，流动如水如云，人微疲倦，轻轻打着唿哨回了家。

第二天晚上的事

回家的神巫，同他的仆人把饭吃过了，坐到院中望天空。天空全是星，天比平时仿佛更高了。月还不上来，在星光下各地各处叫着纺车娘，声音繁密如落雨。在纺车娘吵嚷声中时常有妇女们清晰宛转的歌声，歌声的方向却无从得知。神巫想起日间的事，说：

"五羊，我们还是到你说的那个地方去吧。"

"师傅，你真勇敢！一出门，不怕为那些花帕族女人围困吗？"

"我们悄悄从后面竹园里出去！"

"为什么不说堂堂正正从前门出去？"

"就从前门出去也不要紧。"

"好极了，我先去开路。"

五羊就先出去了。到了外边，听到岗边有女人的嬉笑，听到芦笛低低的呜咽，微风中有栀子花香同桂花香。五羊望远处，一堆堆白衣裙隐显于大道旁，不下数十，全是想等候神巫出门的痴心女人。她们不知疲倦的唱歌，只想神帮助她们，凭了好喉咙把神巫的心揪住，得神巫见爱。她们将等候半夜或一整夜，到后始各自回家。天气温暖宜人，正是使人爱悦享乐的天气。在这样天气下，神巫的骄傲，决不是神许可的一件事，因此每个女人的自信也更多了。

神巫的仆人五羊，见到这情形，心想，还是不必要师傅勇敢较好，就转身到神巫住处去。

"看到了些什么了呢？"

五羊只摇头。

"听到了些什么了呢？"

五羊仍然摇头。

神巫就说：

"我们出去吧，等待绊脚石自己挪移，恐怕等到天明也无希望出去了。"

五羊微带忧愁的答道：

"倘若有办法不让绊脚石挡路，师傅，我劝你还是采用那办法吧。"

"你不是还正讥笑我说，那是与勇敢相反的一种行为么？"

"勇敢的人他不躲避牺牲，可是他应当躲避麻烦。"

"在你的聪明舌头上永远见出我的过错，却正如在龙朱仆人的舌头永远见出龙朱是神。"

"就是一个神也有为人麻烦到头昏的时候，这应当是花帕族女人的罪过，她们不应当生长得如此美丽又如此多情！"

"少说闲话吧。一切我依你了。我们走。"

"好吧，就走。让花帕族所有年青女人因想望神巫而烦恼，不要让那被爱的花帕族女人因等候而心焦。"

他们于是当真悄悄的出门了，从竹园翻篱笆过田坎，他们走的是一条幽僻的小路。忠实的五羊在前，勇壮的神巫在后，各人用面具遮掩了自己的脸，他们匆匆的走过了女人所守候的寨门，走过了女人所守候的路亭，到了无人的路上了。五羊回头望了一望，把面具从脸上取下，向主人憨笑着。

神巫也想把面具卸除，五羊却摇手。

"这时若把它取下，是不会有人来称赞您的勇敢的！"

神巫就听五羊的话，暂时不脱面具。他们又走了一程。经过一家门前，一个稻草堆上有女人声音问道：

"走路的是不是那使花帕族女人倾倒的神巫？"

五羊代答道：

"大姐，不是，那骄傲的人这时应当已经睡了。"

那女人听说不是，以为问错了，就唱歌自嘲自解，歌中意思说：

一个心地洁白的花帕族女人，

因为爱情她不知道什么叫作羞耻。

她的心只有天上的星能为证明，

她爱那人中之神将到死为止。

神巫不由得不稍稍停顿了一步。五羊见到这情形，恐怕误事，就回头向神巫唱道：

年青的人，不是你的事你莫管，

你的路在前途离此还远。

他又向那草堆上女人点头唱道：

好姑娘，你心中凄凉还是唱一首歌，

许多人想爱人因为哑可怜更多！

到后就不顾女人如何，同神巫匆匆走去了。神巫心中觉得有点难过，然而不久又经过了一家门外，听到竹园边窗口里有女人唱歌道：

你半夜过路的人，是不是神巫的同乡？

你若是神巫的同乡，足音也不要去得太忙。

我愿意用头发将你脚上的泥擦揩，

因为它是从那神巫的家乡带来。

五羊听完伸伸舌头，深怕那女人走出来见到神巫，就实行用头发擦他的脚话，拖了神巫就走。神巫无法，只好又离开了第二个女人。

第三个女人唱的是希望神巫为天风吹来的歌，第四个女人唱的是愿变神巫的仆人五羊，第五个女人唱的是只要在神巫跟前作一次呆事就到地狱去尽鬼推磨也无悔无忌。一共经过了七个女人，到第八个就是神巫所要到的那人家了。远远的望到那从小方窗里出来的一缕灯光，神巫心跳着不敢走了。

他说："五羊，不要走向前了吧，让我看一会天上的星子，把神略定再过去。"

主仆两人就在离那人家三十步以外的田坎上站定了。神巫把面具取下，昂头望天上的星辰镇定自己的心。天上的星静止不动，神巫的心也渐渐平定了。他嗅到花香，原来是那人家门外各处围绕的全是夜来香同山茉莉，花在夜风中开放，神巫在一种陶醉中更象温柔熨贴的情人了。

过了一会，他们就到了这人家的前面了，神巫以为或者女人是正在等候他，如同其余女子一样的。他以为这里的女人也应当是在轻轻的唱歌，念着所爱慕的人名字。他以为女人必不能睡觉。为了使女人知道有人过路，神巫主仆二人故意把脚步放缓放沉走过那个屋前。走过了不闻一丝声息，主仆二人于是又回头走，想引起这家女人注意。

来回三次全无影响，一片灯光又证明这一家男子全睡了觉，妇女却还在灯下做工，事情近于不可解。

五羊出主意，先越过山茉莉作成的短篱，到了女人有灯光的窗下，听了听里面，就回头劝主人也到窗下来。神巫过来了，五羊就伏在地上，请主人用他的身体作为垫脚东西，攀到窗边去探望这家中情形。神巫不应允，五羊却不起来，所以神巫到后就照办了。因为这仆人垫脚，神巫的头刚及窗口，他就用手攀了窗边慢慢的小心的把头在窗口露出。那个窗原是敞开的，一举头房中情形即一目了然。神巫行为的谨慎，以至于全无声息，窗中人正背窗而坐，低头做鞋，竟毫无知觉。

　　神巫一看女人正是日间所见的女人，虽然是背影，也无从再有犹豫，心乱了。只要他有勇敢，他就可以从这里跳进去，作一个不速之客。他这样行事任何人都不会说他行为的荒唐。他这行为或给了女人一惊，但却是所有花帕族年青女人都愿意在自己家中得到的一惊。

　　他望着，只发痴入迷，也忘了脚下是五羊的肩背。

　　女人是在用稻草心编制小篮，如金如银颜色的草心，在女人手上柔软如丝绦。神巫凝神静气看到一把草编成一只小篮，把五羊忘却，把自己也忘却了。在脚下的五羊，见神巫屏声息气的情形，又不敢说话，又不敢动，

94

头上流满了汗。这忠实仆人，料不到主人把应做的事全然忘去，却用看戏心情对付眼前的。

到后五羊实在不能忍耐了，就用手扳主人的脚，无主意的神巫记起了垫脚的五羊，却以为五羊要他下来了，就跳到地上。

五羊低声说：

"怎么样？我的师傅。"

"在里边！"

"是不是？"

"我眼睛若是瞎了，嗅她的气味也知道这个人是谁。"

"那就大大方方跳进去。"

神巫迟疑了。他想起白日里族总家所见到的女子了。那女子才是夜间最后祈福的女子。那女子分明是在族总家中，且有了孩子，这女人则未必就是那一个。是姊妹，或者那样吧，但谁一个应当得到神巫的爱情？天既生下了这姊妹两个，同样的韶年秀美，谁应当归神巫所有？如果对神巫用眼睛表示了献身诚心的是另一人，则这一个女人是不是有权利侵犯？

五羊见主人又近于徘徊了，就说道：

"勇敢的师傅，我不希望见到你他一时杀虎擒豹，只愿意你此刻在这里唱一支歌。"

"你如果以为一个勇敢的人也有躲避麻烦的理由，我们还是另想他法或回去了吧。"

"打猎的人难道看过老虎一眼就应当回家吗？"

"我不能太相信我自己，因为也许另一个近处那一只虎才是我们要打的虎！"

"虎若是孪生，打孪生的虎要问尊卑吗？"

"但是我只要我所想要的一个，如果是有两个可倾心的人，那我不如仍然作往日的神巫，尽世人永远倾心好了。"

五羊想了想，又说道：

"师傅肯定虎有两只么？"

"我肯定这一只不是那一只。"

"不会错吗？"

"我的眼睛不晕眩，不会把人看错。"

五羊要神巫大胆进到女人房里去，神巫恐怕发生错误，将爱情误给了另一个人又不甘心。五羊要神巫在窗下唱一首歌，逗女人开口，神巫又怕把柄落在不是昨夜那年青女人手中，将来成笑话，故仍不唱歌。

这时是夜间，这一家男子白天上山作工，此时已全睡了。惊吵男当家人既象极不方便，主仆二人就只有站在窗下等待天赐的机会，以为女人或者会到窗边来。其实到窗边来又有什么用处？女人不单在不久时间中即如所希望到窗边了，还倚伏在窗前眺望天边的大星。藏在山茉莉花下的主仆二人，望到女人仿佛在头上，唯恐惊了女人，不敢作声。女人数天上的星，神巫却度量女人的眼眉距离。因为天无月光，不能看清楚女人样子，仍然还无结论。

女人看了一会星，把窗关上。关了窗，只见一个影子在窗上晃，象是脱衣情形，五羊正待要请主人再上他的肩背探望时，灯光熄了。

五羊心中发痒，忍不住，想替主人唱一首歌，刚一发声，口就被神巫用手蒙住了。

"我将为师傅唱一曲歌给这女子听！"

"你不是记到龙朱主仆说的许多聪明话吗？为什么就忘掉'畜养在笼中的鸟它飞不远'那一句呢？"

"师傅，口本来不是为唱歌而生的，不过你也忘了

'多情的鸟绝不是哑鸟'的话了！"

"大蒜！"

在平时，被骂为大蒜的五羊，是照例不再开口了的，要说话也得另找方向才行。可是如今的五羊却撒野了。他回答他的主人，话说得妙，他说："若尽是这样站下来等，就让我这'大蒜'生根抽苗也还是无办法的。"

神巫生了气，说："那我们回去。"

"回去也行！他日有人说到某年某月某人的事，我将插一句话，说我的主张只有这一次违逆了师傅的命令，我以为纵回去也得唱一首歌，使花帕族女人知道今天晚上的情形，到后是师傅不允，我只得……"

五羊一面后退一面说，一直退到窗下，离神巫有六步后，却重重咳了一声嗽，又象有意又象无心，头触了墙，激于义愤的五羊，见到主人今夜的妇人气概，想起来真有点不平了。

神巫见五羊已到了窗下，恐怕还要放肆，就赶过去。五羊见神巫走近了，又伏身到地，要主人作先前的事情。神巫用脚轻轻踢了一下这个热心的仆人，仆人却低声唱道：

花帕族的女人，

你们来看我勇敢的主人！

小心到怕使女人在梦中吃惊，

男子中谁见到过如此勇敢多情？

神巫急了，就用脚踹五羊的头，五羊还是昂头望主人笑。

在这时，忽然窗中灯光又明了。神巫为之一惊，抓了五羊的肩，提起如捉鸡，一跃就跳过山茉莉的围篱，到了大路上。

窗中灯明了，且见到窗上人影子。神巫心跳着，如先前初到此地时情形相同。五羊目睹此时情形哑口无声，只想蹲下，希望女人把窗推开时可以不为女人见到。女人似乎已知道屋外有人了。

过了一会，女人当真又到了窗边把窗推开了，立在窗前望天空吁气，却不曾对大路上注意。神巫为一种虚怯心情所指挥，仍然把身体藏到路旁树下去。他只要女人口上说出自己的名字一次，就预备即刻跃出到窗下去与女人会面，使女人见到神巫时如自天而降时一惊。

女人又象是全不知道路上有望她的人，看了一会星，又把窗关上，灯光稍后又熄了。

神巫放了一口气，心象掉落在大海里。他仍然不能向前，即或一切看得分明也不行。

五羊忧郁的向神巫请求道：

"师傅，让那其余时节口的用处作另一事，这时却来唱一曲歌吧。"

神巫又想了半天，只为了不愿意太辜负今夜，点了头。他把声音压低，仰面向星光唱道：

　　瞅人的星我与你并不相识，

　　我只记得一个女人的眼睛，

　　这眼睛曾为泪水所湿，

　　那光明将永远闪耀我心。

过了一会，他又唱道：

　　天堂门在一个蠢人面前开时，

徘徊在门外这蠢人心实不甘。

若歌声是启辟这爱情的钥匙，

他愿意立定在星光下唱歌一年。

这歌反复唱了二十次三十次，窗中却无灯光重现，也再不见那女人推窗外望。意外的失败，使神巫主仆全愕然了。显然是神巫的歌声虽如一把精致钥匙，但所欲启辟的却另是一把锁，纵即或如歌中所说，唱一年，也不能得到结果了。

神巫在爱情上的失败，这还是第一次，他懊恼他自己的失策，又不愿意生五羊的气，打五羊一顿，回到家中就倒到床上睡了。

第三天的事

五羊在族总家的厨房中，与一个肥人喝酒。时间是早上。吃早饭以后，那胖厨子已经把早上应做的事做完了。他们就在灶边大凳上，各用小葫芦量酒，满葫芦酒咽嘟咽嘟向肚中灌，各人都有了三分酒意。五羊这个人，全无酒意时是另外一种人，除了神巫同谁也难多说话的。到酒在肚中涌时，五羊不是通常五羊了。不吃酒的五羊，话只说一成，聪明的人可以听出两成；到有了酒，他把话说一成，若个能听五成就不行了。

肥人是厨子，原应属于半东家的，也有了点酒意，就同五羊说：

"你那不懂风趣的师傅，到底有没有一个女子影子在他心上？"

五羊说：

"哥你真问的怪，我那师傅岂止——"

"有三个——五个——十五个——一百个？"肥人把数目加上去，仿佛很容易。

五羊喝了一口酒，不答。

"有几个？哥你说，不说我是不相信的。"

五羊却把手一摊说：

"哥，你相信吧，我那师傅是把所有花帕族女子连你我情人算在内，都搁在心头上的。他爱她们，所以不将身体交把哪一个女子。一个太懂爱情的人都愿意如此做的，做得到做不到那就看人了。可是我那师傅——"

"为什么他不把这些女人每夜引一个到山上去？"

"是吧，为什么我们不这样办？"

肥人对五羊的话奇怪了，含含糊糊的说：

"哈，你说我们，是吧，我们就可以这样办。天知道，我是怎样处治了爱我的女人！但是你为什么不学你的师傅？"

"他学我就好了。"

"倘若是学到了你的像貌，那可就真糟糕。"

"受麻烦的人却是像貌很好的人。"

"那我愿意受一点麻烦，把像貌变标致一点。"

"为什么你疑心你自己不标致呢？许多比你更丑的人他都不疑心自己的。"

"哥，你说的对，请喝！"

"喝！"

两人一举手，葫芦又逗在嘴上了。仿佛与女人亲嘴，两人的葫芦都一时不能离开自己的口。与酒结缘是厨子比五羊还来得有交情的，五羊到后象一堆泥，倒到烧火凳旁冷灰中了，厨子还是喝。

厨子望到五羊弃在一旁的葫芦已空，又为量上一葫芦，让五羊抱到胸前，五羊抱了这葫芦却还知道与葫芦口亲嘴，厨子则望到这情形。拍着大肚皮痴笑。厨子结结巴巴的说：

"哥，听说人矮了可以成精，这精怪你师傅能赶走不能？"

睡在灰中的五羊，含糊的答道："是吧，用木棒打他，就走了。"

"不能打！我说的是用道法！"

"念经吧。"

"不能念经。"

"为什么不能！唱歌可以抓得住精怪，念经为什么不能把精怪吓跑？近来一切都作兴用口喊的。"

"你这是放狗屁。"

"就是这样也好，你说的对。比那些流别人血做官的方法总是好一点吧。我说的，决不翻悔。……哥，你为什么不去做官？你用刀也杀了一些了，杀鸡杀猪杀人有什么不同。"

"你说无用处的话。"

"什么是有用？凡是用话来说的不全是无用吗？无用

等于有用，论人才就是这种说法；有用等于无用，所以能干的就应当被杀了。"

"你这是念咒语不是？"

"跟到神巫的仆人若就会念咒语，那么……"

"你说什么？"

"我说跟到神巫的仆人是不会咒语的，不然那跟到族总的厨子也应有品级了。"

厨子到这时费思索了，把葫芦摇着，听里面还有多少酒。他倚立在灶边，望到五羊蜷成一个球倒在那灰堆上，鼾声已起了。他知道五羊正梦到在酒池里泅水，这时他也想跳下这酒池，就又是一葫芦酒咽嘟嘟喝下。这人不久也醉倒在灶边了。这个地方的灶王，脾气照例非常和气，所以见到这两个酒鬼如此烂醉，也从不使他们肚痛，若是在别一处，那可不行，至少也非罚款不能了事的。

五羊这时当真梦到什么了呢？他梦到仍然同主人在一处，同站在昨晚上那女人窗前星光下轻轻的唱歌。天上星子如月明，照到身上使师傅威仪如神，温和如鹿，而超拔如鹤。身旁仍然是香花，花的香气却近于春兰，又近于玫瑰。主人唱歌厌倦了，要他代替，他不辞，就唱道：

> 要爱的人，你就爱，你就行，你莫停。
> 一个人，应当有一个本分，你本分？
> 你的本分是不让我主人将爱分给他人，
> 勇敢点，跳下楼，把他抱定，放松可不行。

五羊唱完这体面的歌，就仿佛听到女人在楼上答道：

> 跟到凤凰飞的鸦，你上来，你上来，
> 我将告给你这件事情的黑白。
> 别人的事你放在心上，不能忘，不能忘，
> 你自己的女人究竟在什么地方？

五羊又俨然答道：

> 我是神巫的仆人，追随十年，地保作证，
> 我师傅有了太太，他也将不让我独困。

倘若师傅高兴，送丫头把我，只要一个，

　　愚蠢的五羊，天冷也会为老婆捏脚。

　　女主人于是就把一个丫头扔下来了。丫头白脸长身，五羊用手接定，觉得很轻，还不如一箩谷子。五羊把女主人所给的丫头放到草地上，象陈列宝贝，他望到这个欢喜极了，他围绕这仿佛是熟睡的女子打转，跳跃欢乐如过年。他想把这人身体各部分望清楚一点，却总是望不清楚。他望两个馒头。他又望到一个冬瓜，又望到一个小杯子，又望到一碗白炖萝卜，……

　　奇奇怪怪的，是这行将为他妻的一身，全变成可吃的东西了。他得在每一件东西上品尝品尝，味道都如平常一切果子，新鲜养人，使人忘饱。

　　他在略知道到餍足时候才偷眼望神巫，神巫可完全两样，只一个人孤伶伶的站在那山茉莉旁边，用手遮了眼睛，不看一切。五羊走过去时神巫也不知。五羊大声喊，也不应。五羊算定是女人不理主人了，就放大喉咙唱道：

若说英雄应当是永远孤独，

那狮子何处得来小狮子？

若主人被女人弃而不理，

我五羊将阉割终生！

这样唱后，他又有点悔，就借故说须到前面看看。到了前面他见到那厨子，腆着大的肚子，象庙中弥勒佛，心想这人平时吃肉太多了，就随意在那胖子肚上踢了一脚。胖子捧了大肚皮在草地上滚，草也滚平了。五羊望到这情形，就只笑，全忘了还应履行自己那件重要责任了。

过不久，梦境又不同了。他似乎同他的师傅往一个洞中走去，师傅伤心伤心的哭着，大约为失了女人。大路上则有无数年青女人用唱歌嘲笑这主仆二人，嘲笑到两人的嘴脸，说是太不高明。五羊就望到神巫同自己，真似乎全都苍老了，胡子硬戳戳全不客气的从嘴边苗长出来了。他一面偷偷的拔嘴上的胡子，一面低头走路。他经过的地方全是坟，且可以看到坟中平卧的人，还有烂了脸装着一副不高兴神气的。他临时记起了避魔咒的全文了，这咒语，在平时是还不能念完一半的。这时一面念咒语一面走路，却仍然闻得到山茉莉花香气，只不明白这香气从何处吹来。

在酣醉中，这仆人肆无忌惮的做了许多怪梦。若非给神巫用一瓢冷水浇到头上，还不知道他尚有几个钟头才能酒醒的。当他能睁眼望他的主人时，时间已是下午了。望到神巫他想起梦中事，霍然一惊，余醉全散尽了，立起身来才明白在柴灰中打了滚，全身是灰。他用手摸自己的颈和脸，脸上颈上全为水所湿，还以为落了雨，把脸打湿了。他望到神巫，向神巫痴笑，却不知为什么事笑，又总觉得好笑不过，所以接着就大笑了。

神巫说：“荒唐东西，你还不清醒吗？”

“师傅，我清醒了，不落雨恐怕还不能就醒！”

“什么雨落到你头上？你是一到这里来就象用糟当饭的，他日得醉死。”

“醉得人死的酒，为什么不喝！”

“来！跟我到后屋来。”

“是。”

神巫起身先走了。五羊站起了又坐下，头还是昏昏的，腿脚也很软，走路不大方便。他坐下之后，慢慢的把梦中的事归入梦里，把实际归入实际，记起了这时应为主人探听那件事了，就在各处寻找那厨子，那一堆肥肉终于为他在碓边发现了，忙舀了一瓢水，也如神巫一样，把水泼到厨子脸上去。厨子先还不醒，到后又给五羊加上一瓢水，水入了鼻孔，打了十来个大嚏。口中含含糊糊说了两句"出行大吉""对我生财"，用肥手抹了一下脸嘴，慢慢的又转身把脸侧向碓下睡着了。

五羊见到这情形，知道无办法使厨子清醒，纵是此时马房失火，大约这人也不会醒了，就拍了拍自己身上灰土，赶到主人住处后屋去。

到了神巫身边，五羊恭敬垂手站立一旁，脚腿发软只想蹲。

"我不知告你多少次了，总不能改。"

"是的，师傅。一个小人的坏毛病，和君子的美德一样，全是自己的事，天生的。"

"我要你做的事怎样了呢?"

"我并不是因为她是'笼中的鸟飞不远'疏忽了职

务，实在是为了……"

"除了为喝酒我看不出你有理由说谎。"

"一个完人总得说一点谎，我并不是完人，决不至于再来说谎！"

神巫烦恼了，不再看这个仆人。因为神巫发气，一面脚站久了受不了，一面想取媚神巫，请主人宽心，这仆人就乘势蹲到地上了。蹲到地上无话可说，他就用指头在地面上作图画，画一个人两手张开，向天求助情形，又画一个日头，日头作人形，圆圆的脸盘，对世界发笑。

"五羊，你知道我心中极其懊恼，想法过一个地方为我详细探听那一件事吧。"

"我刚才还梦到——"

"不要说梦了，我不问你做梦不做梦。你只帮我到别处去，问清楚我所想知道那一件事，你就算成功了。"

"我即刻就去。"他站起来，"不过怪得很，我梦到——"

"我没功夫听你说梦话，要说，留给你那同伴酒鬼说去吧。"

"我不说我的梦了，然而假使这件事，研究起来，我相信会有人感到趣味的。我梦到我——"

神巫不让五羊说完，喝住了他。五羊并不消沉，见主人实在不能忍耐，就笑着立正，点头，走出去。

五羊今天是已经把酒喝够了，他走到云石镇上卖糍粑处去，喝老妇人为尊贵体面神巫的仆人特备的蜜茶，吸四川金堂旱烟叶的旧烟斗，快乐如候补的仙人。他坐到一个蒲团上问那老妇人，为什么这地方女人如此对神巫倾心，他想把理由得到。卖糍粑的老妇人就说出那道理，平常之至，因为"神巫有可给世人倾心处"。

"伯娘，我有没有？"他意思是问有没有使女子倾心的理由。

"为什么没有？能接近神巫的除你以外还无别一个。"

"那我真想哭了。若是一个女人，也只象我那样与我师傅接近，我看不出她会以为幸福的。"

"这时花帕族年青女人，哪怕神巫给她们苦吃也愿意！只是无一个女人能使神巫心中的火把点燃，也无一个女人得到神巫的爱。"

"伯娘，恐怕还有吧，我猜想总有那么一个女人，心与我师傅的心接近，胜过我与我师傅的关系。"

"这不会有的事！女人成群在神巫面前唱歌，神巫全不理会，这骄傲男子，哪里能对花帕族女人倾心？"

"伯娘，我试那么问一句：这地方，都不会有女人用她的歌声，或眼睛，揪住我师傅的心么？"

"没有这种好女子，我是分明的。花帕族女子配作皇后的，也许还有人，至于作神巫的妻是无一个的。"

"我猜想，族总对我主人的优渥，或者家中有女儿要收神巫作子婿。"

"你想的事并不是别人所敢想的。"

"伯娘，有了恋爱的人，胆子是非常大的。"

"就大胆，族总家除了个女小孩以外，就只一个哑子寡媳妇。哑子胆大包天，也总不能在神巫面前如一般人说愿意要神巫收了她。"

五羊听到这话诧异了，哑子媳妇是不是——他问老妇人，说：

"他家有一个哑媳妇么？像貌是……"

"一个人哑了，像貌说不到。"

"我问的是瞎不瞎？"

"这人是有一对大眼睛的。"

"有一对眼睛，那就是可以说话的东西了！"

"虽地方上全是那么说，说她的舌是生在眼睛上，我这蠢人可看不出来。"

"我的天——"

"怎么咧？'天'不是你这人的，应当属于那美壮的神巫。"

"是，应当属于这个人！神的仆人是神巫，神应归他侍奉，我告诉他夫。"

五羊说完就走了，老妇人全不知道这是为什么。

不过走出了老妇人门的五羊，望到这家门前的胭脂花，又想起一件事来了，他回头又进了门。妇人见到这样子，还以为爱情的火是在这神巫仆人心上熊熊的燃了，就说：

"年青人，什么事使你如水车匆忙打转？"

"伯娘，因为水的事俚儿才象水车……不过我想知道另外在两里路外碉楼附近住的人家还有些什么人，请你随便指示我一下。"

"那里是族总的亲戚，另外一个哑子，是这一个哑子的妹，听说前夜还到道场上请福许愿，你或者见到了。"

五羊点头。

那老妇人就大笑，拍手摇头，她说：

"年青人，在一百匹马中独被你看出了两只有疾病的马，你这相马的伯乐将成为花帕族永远的笑话了。"

"伯娘，若果这真是笑话，那让这笑话留给后人听吧。"

五羊回到神巫身边，不作声。他想这事怎么说才好？还想不出方法。

神巫说："你是到外面打听酒价去了。"

五羊不分辩，他照到主人意思，说："师傅，的确是，探听明白的事正如酒价一样，与主人恋爱无关。"

"你不妨说说我听。"

"师傅要听，我不敢隐瞒一个字。只请师傅小心，不要生气，不要失望，不要怪仆人无用……"

"说！"

"幸福是孪生的，仆人探听那女人结果也是如此。"

神巫从椅上跳起来了。五羊望到神巫这样子更把脸烂了。

"师傅，你慢一点欢喜吧。据人说这两个女人的舌头

115

全在眼睛上，事情不是假的！"

"那应当是真事！我见到她时她真只用眼睛说话的。一个人用眼睛示意，用口接吻，是顶相宜的事了，要言语做什么。"

五羊待要分明说这是哑子，见到神巫高兴情形，可不敢说了。他就只告给神巫，说是到神坛中许愿的一个是远处的一个，在近处的是族总的寡媳，那人的亲姊妹。

因为花帕族的谚语是："猎虎的人应当猎那不曾受伤的虎，才是年青人本分，"这主仆二人于是决定了当夜的行动。

第三天晚上的事

到晚来，忽然刮风了，落雨了，象天出了主意，不许年青人荒唐。天虽有意也不能阻拦这神巫主仆二人。正因为天变了卦，凡是逗留在大路上，以及族总门前，镇旁寨门边的女人，知道天落了雨，神巫不至于出门，等候也是枉然，因此无一个人拦路了。既然这类近于绊脚石的女人不当路，他们反而因为天雨方便许多了。

吃过了晚饭，老族总走过神巫住处来谈天，因为天气忽变，愿意神巫留到云石镇多住几天。神巫还不答应，五羊便说：

"一个对酒有嗜好的人，实在应当在总爷府中留一年；一个对女人有嗜好的人，至少也应当留半……"

五羊的话被主人喝住不说了，老族总明白神巫极不欢喜女人，见到神巫神情不好，就说：

"在这里委屈了年青的师傅了，真对不起。花帕族女人用不中听的歌声麻烦了神巫，天也厌烦了，所以今天落了雨。"

神巫说，"祖父说哪里话，一个白脸族平凡男子，到这里得到全镇父老姊妹的欢迎，他心里真过意不去！天落雨这罪过是仍然应归在神的仆人头上的，因为他不能牺牲他自己，为人过于自私。不过神可以为我证明，我并不希望今夜落雨啊！"

"自私也是好的，一个人不能爱自己他也就无从爱旁人了。花帕族女人在爱情上若不自私，灭亡的时期就快到了。"

神巫不敢答话，就在房中打圈走路，用一个勇士的步法，轻捷若猴，沉重若狮子，使老族总见了心中喝彩。

老族总见五羊站在一旁，想起这人的酒量来了，就问道：

"有光荣的朋友，你到底能有多大酒量？"

五羊说："我是吃糟也能沉醉的人，不过有时也可以连喝十大碗。"

"我听说你跟龙朱矮仆人学过歌的，成绩总不很坏吧？"

"可惜人过于蠢笨，凡是那矮人为龙朱尽过力的事我全不曾为师傅作到。"

"你自己在吃酒以外，还有什么好故事没有？"

"故事是有的。大概一个体面人才有体面的事，轮到五羊的故事，也都是笑话了。我梦到女主人赏我一个妇人哩，是白天的梦。我如今只好极力把女主人找到，再来请赏。"

老族总听到这话好笑，觉得天真烂漫的五羊，嗜酒也无害其心上天真，就戏说：

"你为你师傅做的事，也有一点儿'眉目'没有？"

"有'目'不有'眉'。……哈哈，是这样吧，这话应当这样说吧。……天不同意我的心，下了雨！"

"不下雨，你大约是可以打火把到满村子去找人，是不是？"

老族总说完打哈哈笑了。

"不必这样费神，——"五羊极认真的这样说，下面还有话，神巫恐怕这人口上不检，误了事，就喊他拿廊下的马鞍进来，恐怕雨大漂湿了鞍鞯。五羊走出去了，老族总向神巫说：

"你这个用人真不坏。许多人因为爱情把心浸柔软了，他的心却是泡在酒里变天真的。"

神巫不作答，用微笑表示老人这话有道理。他仍然在房中来回走着，一面听到外面风雨撼树的声音，想起另一个地方的山茉莉与胭脂花或者已为风雨毁完了，又想起那把窗推开向天吁气女人的情形，又想起在神坛前流泪女人的情形，忽然心烦起来了，眉皱聚在一处，忘了族总在身边，顿足喊五羊。五羊本是候在门外廊下，听到喊就进来了，问要什么。神巫又无可说了，就顺口问雨有多大，一时会不会止。

五羊看了看老族总，聪明的回答神巫道：

"还是尽这雨落吧，河中水消了，绊脚石就会出现！"

神巫不理会，仍然走动。老族总就说：

"天落雨，是为我留客，明天不必走了，等候天气晴朗时再说。"

神巫想说一句什么话，老族总已注意到，神巫到后又不说了。

老族总又坐了一会，告辞了。老族总去后不久，神巫便问五羊蓑衣预备好了没有。五羊说时间太早，还不到二更，不合宜。于是主仆二人等候时间，在雨声中消磨了半天。

出得门时已半夜了。风时来时去。雨还是在头上落。道路已成了小溪，各处岔道全是活活的流水。在这样天气下头，善于唱歌夜莺一样的花帕族女人，全敛声息气各在家中睡觉了。用蓑衣裹了身体的主仆二人，出了云石镇大寨门，经过无数人家，经过无数田坝，到了他们所要到的地方。

立在雨中望面前房子，神巫望到那灯光，仍然在昨晚上那一处。他知道这一家男子睡了觉，仍然是女子未曾上床。他心子跳跃着越过那山茉莉的矮篱，走到窗下去。五羊仍然蹲到地下，还要主人蹁踏他的肩，神巫轻轻的就上了五羊的肩头。

今夜窗已关上了，但这窗是薄棉纸所糊，神巫仿照剑客行为，把窗纸用唾液湿透，通了一个小窟窿，就把眼睛向窟窿里望。

房中无一人，只一盏灯摇摇欲熄。再向床前望，床边一张大木椅上是一堆白色衣裙，床上蚊帐已放下，人睡了。神巫想轻轻的喊一声，又恐怕惊动了这一家其余的人。他攀了窗边等候了许久，还无变动。女人是已经熟睡，或者已做梦梦到在神巫身边了。神巫眼看到灯是快熄，再过一阵若仍无办法就更不方便了，他缩身下地，把情形告给五羊。五羊以为就是这样翻了窗进去，其余无更好办法。他说请聪明的龙朱来做此事也只有如此，若这一点勇气也缺少，那将永远为花帕族女人笑话了。

神巫应允了，就又踩着五羊的肩爬到了窗边。然而望到那帐子，又不敢用手开窗了。他不久又跳下了地。

上去，下来，下来，上去，……一连七八次，还无结果。到后一次下了决心，他仍然上到五羊的肩头。他将手从那窗格中伸了进去，摸到了窗上的铁扣，把它轻轻移去，窗开了。开了窗，五羊先是蹲着，这时慢慢的用力站起，于是这忠实的仆人把他的主人送进窗里去了。五羊做毕这事以后，肩头上的泥水也忘记拍去，站在这窗下淋雨。他望到那窗里的灯光，目不转睛。他耳朵则仿佛已扯长到了窗上。他不能想象这时的师傅是什么情形，但他把雨风一切面前的事也忘了。忽然灯熄了，这仆人几乎喊出声来，忙咬着蓑衣的边沿，走远一点。

为了忘记把窗关上，一阵风来，无油的灯便吹熄了。灯熄了时神巫刚好身到床边，正想用手掀那细白麻布帐子。灯一熄，一切黑暗，神巫茫然了。过了一阵他记起身边有"取灯"了，他从身上摸出来刮燃，又把灯点上。五羊在外面见了灯光，又几乎喊出声来。灯燃了时他又去掀那帐子，这年青无经验的人在虎身边时还无如此害怕，如今可是全身发抖了。

还有更使他吃惊的事，在把帐门打开以后，原来这里的姊妹两个，并在一头，神巫疑心今夜的事完全是梦。

……

……

一九二九年春作

122

媚金，豹子与那羊

　　不知道麻梨场麻梨的甜味的人，告他白脸苗的女人唱的歌是如何好听也是空话。听到摇橹的声音觉得很美是有人。听到雨声风声觉得美的也有人。听到小孩子半夜哭喊，以及芦苇在小风中说梦话那样细细的响，以为美，也总不缺少那呆子。这些是诗。但更其是诗，更其容易把情绪引到醉里梦里的，就是白脸族苗女人的歌。听到这歌的男子，把流血成为自然的事，这是历史上相传下来的魔力了。一个熟习苗中掌故的人，他可以告你五十个有名美男子被卫女人的好歌声缠倒的故事，他又可以另外告你五十个美男子被白脸苗女人的歌声唱失魂的故事。若是说了这些故事的人，还有故事不说，那必定是他还忘了把媚金的事情相告。

媚金的事是这样：她是一个白脸苗中顶美的女人，同到凤凰相貌极美又顶有一切美德的一个男子，因唱歌成了一对。两方面在唱歌中把热情交流了。于是女人就约他夜间往一个洞中相会。男子答应了。这男子名叫豹子。豹子答应了女人夜里到洞中去，因为是初次，他预备牵一匹小山羊去送女人，用白羊换媚金贞女的红血，所作的纵是罪恶，似乎神也许可了。谁知到夜豹子把事情忘了，等了一夜的媚金，因无男子的温暖，就冷死在洞中，豹子在家中睡到天明才记起，赶即去，则女人已死了，豹子就用自己身边的刀自杀在女人身旁。尚有一说则豹子的死，为此后仍然常听到媚金的歌，因寻不到唱歌人，所以自杀。

但是传闻全为人所撰拟，事情并不那样。看看那遗传下来据说是豹子临死以前用树枝画在洞里地面沙上最后的一首诗，那意思，却是媚金有怨豹子爽约的语气。媚金是等候豹子不来，以为自己被欺，终于自杀了。豹子是因了那一只羊的缘故，爽了约，到时则媚金已死，所以豹子就从媚金胸上拔出那把刀来，插到自己胸里去，也倒在洞中。至于羊此后的消息，以及为甚么平时极有信用的豹子，却在这约会上成了无信的男子，应当问那一只羊了。都因为那一只羊，一件喜事变成了一件悲剧，无怪乎白脸族苗人如今有不吃羊肉的理由。

但是问羊又到甚么地方去问？每一个情人送他情妇的全是一只小小白山羊，而且为了表示自己的忠诚，与这恋爱的坚固，男人总说这一只羊是当年豹子送媚金姑娘那一只羊的血族。其实说到当年那一只羊，究竟是公山羊或母山羊，谁也还不能够分明。

让我把我所知道的写来吧。我的故事的来源是得自大盗吴柔。吴柔是当年承受豹子与媚金遗下那一只羊的后人，他的祖先又是豹子的拳棍师傅，所传下来的事实，可靠成分自然较多。后面是那故事。

媚金站在山南，豹子站在山北，从早唱到晚。山就是现在还名为唱歌山的山。当年名字是野菊，因为菊花多，到秋来满山一片黄。如今还是一样黄花满山，名字是因为媚金的事而改了。唱到后来的媚金，承认是输了，是应当把自己交与豹子，尽豹子如何处置了，就唱道：

红叶过冈是任那九秋八月的风，

把我成为妇人的只有你。

豹子听到这歌，欢喜得踊跃。他明白他胜利了。他明白这个白脸族中最美丽风流的女人，心归了自己所有，就答道：

白脸族一切全属第一的女人，

请你到黄村的宝石洞里去。

天上大星子能互相望到时，

那时我看见你你也能看见我。

媚金又唱：

我的风，我就照到你的意见行事。

我但愿你的心如太阳光明不欺，

我但愿你的热如太阳把我融化。

莫让人笑凤凰营美男子无信，

你要我做的事自己也莫忘记。

豹子又唱：

放心，我心中的最大的神。

豹子的美丽你眼睛曾为证明，

豹子的信实有一切人作证。

纵天空中到时落的雨是刀，

我也将不避一切来到你身边与你亲吻。

天是渐渐夜了。野猪山包围在紫雾中如每日黄昏景致一样。天上剩一些起花的红云，送太阳回地下，太阳告别了。到这时打柴人都应归家，看牛羊人应当送牛羊归栏，一天已完了。过着平静日子的人，在生命上翻过一页，也不必问第二页上面所载的是些什么，他们这时应当从山上，或从水边，或从田坝，回到家中吃饭时候了。

豹子打了一声呼哨，与媚金告别，忽忽赶回家，预备吃过饭时找一只新生的小羊到宝石洞里去与媚金相会。媚金也回了家。

回到家中的媚金，吃过了晚饭，换过了内衣，身上擦了香油，脸上擦了宫粉，对了青铜镜把头发挽成一个大髻，缠上一匹长一丈六尺的绉绸首帕，一切已停当，就带了一个装满了酒的长颈葫芦，以及一个装满了钱的绣花荷包，一把锋利的小刀，走到宝石洞去了。

　　宝石洞当年并不与今天两样。洞中极干燥，铺满了白色细沙，有用石头做成的床同凳，有烧火地方，有天生凿空的窟窿，可以望星子，所不同，不过是当年的洞供媚金豹子两人做新房，如今变成圣地罢了。时代是过去了。好的风俗是如好的女人一样，都要渐渐老去的。一个不怕伤风，不怕中暑，完完全全天生为少年情人预备的好地方，如今却供奉了菩萨。虽说菩萨就是当年殉爱的两人，但媚金豹子若有灵，都会以为把这地方盘据为不应当吧。这样好地方，既然是两个情人死去的地方，为了纪念这一对情人，除了把这地方来加以人工，好好布置，专为那些唱歌互相爱悦的少男少女聚会方便外，真没有再适当的用处了。不过我说过，地方的好习惯是消灭了，民族的热情是下降了，女人也慢慢的象汉族女人，把爱情移到牛羊金银虚名虚事上来了，爱情的地位显然是已经堕落，美的歌声与美的身体同样被其他物质战胜成为无用东西了，就是有这样好地方供年青人许多方便，恐怕媚金同豹子，也见不惯这些假装的热情与虚伪的恋爱，倒不如还是当成圣地，省得来为现代的爱情脏污好！

如今且说媚金到宝石洞的情形。

她是早先来，等候豹子的。她到了洞中，就坐到那大青石做成的床边。这是她行将做新妇的床。石的床，铺满了干麦杆草，又有大草把做成的枕头，干爽的穹形洞顶仿佛是帐子，似乎比起许多床来还合用。她把酒葫芦挂到洞壁钉上，把绣花荷包放到枕边，（这两样东西是她为豹子而预备的，）就在黑暗中等候那年青壮美的情人。洞口微微的光照到外面，她就坐着望到洞口有光处，期待那黑的巨影显现。

她轻轻的唱着一切歌，娱悦到自己。她用歌去称赞山中豹子的武勇与人中豹子的美丽，又用歌形容到自己此时的心情与豹子的心情。她用手揣自己身上各处，又用鼻子闻嗅自己各处；揣到的地方全是丰腴滑腻如油如脂，嗅到的气味全是一种甜香气味。她又把头上的首巾除去，把髻拆松，比黑夜还黑的头发一散就拖地。媚金原是白脸族极美的女人，男子中也只有豹子，才配在这样女人身上作一切撒野的事。

这女人，全身发育到成圆形，各处的线全是弧线，整个的身材却又极其苗条相称。有小小的嘴与圆圆的脸，有一个长长的鼻子，有一个尖尖的下巴，还有一对长长的眉毛。样子似乎是这人的母亲，照到何仙姑捏塑成就的，人间决不应当有这样完全的精致模型。请想想，再过一点钟两点钟，就应当做一个男子的新妇。这样的女人，在这种地方，略为害着羞，容纳了一个莽撞男子的热与力，是怎样动人的事！

白脸族苗女人的秀气清气，是随到媚金消逝了多日了。这事是谁也能相信的。如今所见到的女人，只不过是下品中的下品，还足使无数男子倾心，使有身分的汉人低头，媚金的美貌也就可以仿佛得知了。

爱情的字眼，是已经早被无数肮脏的虚伪的情欲所玷污，再不能还到另一时代的纯洁了。为了说明当时媚金的心情，我们是不愿再引用时行的话语来装饰，除了说媚金心跳着在等候那男子来会她以外，她并不如一般天才所想象的叹气或独白!

她只望豹子快来,明知是豹子要咬人她也愿意被吃被咬。

那一只人中豹子呢?

豹子家中无羊,到一个老地保家买羊去了。他拿了四吊青钱,预备买一只白毛的小母山羊,进了地保的门就说要羊。

地保见到豹子来问羊,就明白是有好事了,向豹子说,

"年青的标致的人,今夜是预备作什么人家的新郎!"

豹子说:

"在伯伯眼中,看得出豹子的新妇所在。"

"是山茶花的女神,才配为豹子屋里人。是大鬼洞的女妖,才配与豹子相爱。人中究竟是谁,我还不明白。"

"伯伯,人人都说凤凰营的豹子像貌堂堂,但是比起新妇来,简直不配为她做垫脚蒲团!"

"年青人,不要太自谦卑。一个人投降在女人面前时,是看起自己来本就一钱不值的。"

"伯伯说的话正是!我是不能在我那个人面前说到自

己的。得罪伯伯，我今夜里就要去作丈夫了。对于我那人，我的心，要怎样来诉说呢？我来此是为伯伯匀一只小羊，拿去献给那给我血的神。"

地保是老年人，是预言家，是相面家，听豹子在喜事上说到血，就一惊。这老年人似乎就有一种预兆在心上明白了，他说：

"年青人，你神气不对。"

"伯伯呵！今夜你的儿子是自然应当与往日两样的。"

"你把脸到灯下来我看。"

豹子就如这老年人的命令，把脸对那大清油灯。地保看过后，把头点点，不做声。

豹子说：

"明于见事的伯伯，可不可以告我这事的吉凶。"

"年青人，知识只是老年人的一种消遣，对你们是无用的东西！你要羊，到栏里去拣选，中意的就拿去吧。不要给我钱，不要致谢。我愿意在明天见到你同你新妇的……"

地保不说了，就引导豹子到屋后羊栏里去。豹子在羊群中找取所要的羔羊，地保为掌灯相照。羊栏中，羊数近五十，小羊占一半，但看去看来却无一只小羊中豹子的意。毛色纯白的又嫌稍大，较小的又多脏污。大的羊不适用那是自然的事，毛色不纯的羊又似乎不配送给媚金。

"随随便便罢，年青人，你自己选。"

"选过了。"

"完全不合用么？"

"伯伯，我不愿意用一只驳杂毛色的羊与我那新妇洁白贞操相比。"

"不过我愿意你随随便便选一只，赶即去看你那新妇。"

"我不能空手，也不能用伯伯这里的羊，还是要到别处去找！"

"我愿意你随便点。"

"道谢伯伯，今天是豹子第一次与女人取信的事，我不好把一只平常的羊充数。"

"但是我劝你不要羊也成，使新妇久候不是好事，新妇所要的并不是羊。"

"我不能照伯伯的忠告行事，因为我答应了我的新妇。"

豹子谢了地保，到别一人家去看羊。送出大门的地保，望到这转瞬即消失在黑暗中的豹子，叹了一口气，大数所在这预言者也无可奈何，只有关门在家等消息了。豹子走了五家，全无合意的羊，不是太大就是毛色不纯。好的羊在这地方原是如好的女人一样，使豹子中意全是偶然的事！

当豹子出了第五家养羊人家的大门时，星子已满天，是夜静时候了。他想，第一次答应了女人做的事，就做不到，此后尚能取信于女人么？空手的走去，去与女人说找遍了全个村子还无中意的，所以空手来，这谎话不是显然了么？他于是下了决心，非找遍全村不可。

凡是他所知道的地方他都去拍门，把门拍开时就低声柔气说出要羊的话。豹子的壮丽在平时就使全村人皆认识了的，听到说要羊送女人，所以人人无有不答应。象地保那样热心耐烦的引他到羊栏去看羊，是村中人的事。羊全看过了，很可怪的事是竟无一只合式的小羊。

在洞中等候的媚金着急情形，不是豹子所忘记的事。见了星子就要来的嘱托，也还在豹子耳边萦绕。但是，答应了女人为抱一只小羔羊来，如今羊还不曾得到，所以豹子这时着急的，倒只是这羊的寻找，把时间忘了。

想在本村里寻找一只净白小羊是办不到的事，若是一定要，那就只有到离此三里远近的另一个村里询问了。他看看天空，以为时间尚早。豹子为了守信，就决心一气跑到另一村里去买羊。

到别一村去的道路在豹子走来是极其熟习的，离了自己的村庄，不到半里，大路上，他听到路旁草里有羊叫的声音。声音极低极弱，这汉子一听就明白这是小羊的声音。他停了。又仔细侧耳探听，那羊又低低的叫了一声。他明白是有一只羊掉在路旁深坑里了，羊是独自留在坑中有了一天，失了娘，念着家，故在黑暗中叫着哭着。

豹子借到星光拨开了野草，见到了一个地口。羊听到草动，就又叫，那柔弱的声音从地口出来。豹子欢喜极了。豹子知道近来天气晴明，坑中无水，就溜下去。坑只齐豹子的腰，坑底的土已干硬了。豹子下到坑中以后稍过一阵，就见到那羊了。羊知道来了人便叫得更可怜，也不走拢到豹子身边来，原来羊是初生不到十天的小羔，看羊人不小心，把羊群赶走，尽它掉下了坑，把前面一只脚跌断了。

135

豹子见羊已受了伤，就把羊抱起，爬出坑来，以为这羊无论如何是用得着了，就走向媚金约会的宝石洞路上去。在路上，羊却仍然低低的喊叫。豹子悟出羊的痛苦来了，心想只有抱它到地保家去，请地保为敷上一点药再带去。他就又返向地保家走去。

到了地保家，拍门时，正因为豹子事无从安睡的老人，还以为是豹子的凶信来了。老人隔门问是谁。

"伯伯，是你的侄儿。羊是得到了，因为可怜的小东西受了伤，跌坏了脚，所以到伯伯处求治。"

"年青人，你还不去你新妇那里吗？这时已半夜了，快把羊放到这里，不要再耽搁一分一秒吧。"

"伯伯，这一只羊我断定是我那新妇所欢喜的。我还不能看清楚它的毛色，但我抱了这东西时，就猜得这是一只纯白的羊！它的温柔与我的新妇一样，它的……"

那地保真急了，见到这汉子对于无意中拾来一只受伤的羊，象对这羊在做诗，就把门闩抽去砰的把门打开。一线灯光照到豹子怀中的小羊身上，豹子看出了小羊的毛色。

羊的一身白得象积雪。豹子忙把羊抱起来亲嘴。

"年青人，你这是作什么？你忘了你是应当在今夜做新郎了。"

"伯伯，我并不忘记！我的羊是天赐的。我请你赶紧设法把羊脚搽一点药水，我就应当抱它去见我的新人了。"

地保只摇头，把羊接过手来在灯下检视，这小羊见了灯光再也不喊了，只闭了眼睛，鼻孔里咻咻的出气。

过了不久豹子已在向宝石洞的一条路上走着了。小羊在他怀中得了安眠。豹子满心希望到宝石洞时见到了媚金，同到媚金说到天赐这羊的事。他把脚步放宽，一点不停，一直上了山，过了无数高崖，过了无数水涧，走到宝石洞。

到得洞外时东方的天已经快明了。这时天上满是星，星光照到洞门，内中冷冷清清不见人。他轻轻的喊，

"媚金，媚金，媚金！"

他再走进一点，则一股气味从洞中奔出，全无回声，多经验的豹子一嗅便知道这是血腥气。豹子愕然了。稍稍发痴，即刻把那小羊向地下一掼，奔进洞中去。

到了洞中以后，向床边走去，为时稍久，豹子就从

天空星子的微光返照下望到媚金倒在床上的情形了。血腥气也就从那边而来。豹子扑拢去，摸到媚金的额，摸到脸，摸到口；口鼻只剩了微热。

"媚金！媚金！"

喊了两声以后，媚金微微的嘤的应了一声。

"你做甚么了呢？"

先是听到嘘嘘的放气，这气似乎并不是从口鼻出，又似乎只是在肚中响，到后媚金转动了，想爬起不能，就幽幽的继续的说道：

"喊我的是日里唱歌的人不？"

"是的，我的人！他日里常常是忧郁的唱歌，夜里则常是孤独的睡觉；他今天这时却是预备来做新郎的……为甚么你是这个样子了呢？"

"为甚么？"

"是！是谁害了你？"

"是那不守信实的凤凰营年青男子，他说了谎。一个美丽的完人，总应当有一些缺点，所以菩萨就给他一点说谎的本能。我不愿在说谎人前面受欺，如今我是完了。"

"并不是！你错了！全因为凤凰营男子不愿意第一次

138

对一个女人就失信，所以他找了一整夜才把那所答应的羊找到，如今是得了羊倒把人失了！天啊，告我应当在什么事情上面守着那信用！"

临死的媚金听到这语，知道豹子迟来的理由是为了那羊，并不是故意失约了，对于自己在失望中把刀插进胸膛里的事是觉得做错了。她就要豹子扶她起来，把头靠到豹子的胸前，让豹子的嘴放到她额上。

女人说：

"我是要死了。……我因为等你不来，看看天已快亮，心想自己是被欺了，……所以把刀放进胸膛里了。……你要我的血，我如今是给你血了。我不恨你。……你为我把刀拔去，让我死。……你也乘天未大明就逃到别处去，因为你并无罪。"

豹子听着女人断断续续的说到死因，流着泪，不做声。他想了一阵，轻轻的去摸媚金的胸，摸着了全染了血的媚金的奶，奶与奶之间则一把刀柄浴着血。豹子心中发冷，打了一个战。

女人说：

"豹子，为甚么不照到我的话行事呢？你说是一切为我所有，那么就听我命令，把刀拔去，省得我受苦。"

豹子还是不做声。

女人过了一阵，又说：

"豹子，我明白你了，你不要难过。你把你得来的羊拿来我看。"

豹子就好好把媚金放下，到洞外去捉那只羊。可怜的羊是无意中被豹子已掼得半死，也卧在地下喘气了。

豹子望一望天，天是完全发白了。远远的有鸡在叫了。他听到远处的水车响声，象平常做梦日子。

他把羊抱进洞去给媚金，放到媚金的胸前。

"豹子，扶我起来，让我同你拿来的羊亲嘴。"

豹子把她抱起，又把她的手代为抬起，放到羊身上。

"可怜这只羊也受伤了，你带它去了吧。……为我把刀拔了，我的人。不要哭。……我知道你是爱我，我并不怨恨。你带羊逃到别处去好了。……呆子，你预备做什么？"

豹子是把自己的胸也坦出来了，他去拔刀。陷进去很深的刀是用很大的力才拔出的。刀一拔出血就涌出来了，豹子全身浴着血。豹子把全是血的刀子扎进自己的胸脯，媚金还能见到就含着笑死了。

天亮了，天亮了以后，地保带了人寻到宝石洞，见到的是两具死尸，与那曾经自己手为敷过药此时业已半死的羊，以及似乎是豹子在临死以前用树枝在沙上写着的一首歌。地保于是乎把歌读熟，把羊抱回。

白脸苗的女人，如今是再无这种热情的种子了。她们也仍然是能原谅男子，也仍然常常为男子牺牲，也仍然能用口唱出动人灵魂的歌，但都不能作媚金的行为了！

一九二九年作
原载《人间》创刊号

一个女人

在近亲中，三翠的名字是与贤惠美德放在一块的。人人这样不吝惜赞美她，因为她能做事，治家，同时不缺少一个逗人心宽的圆脸。

小的，白皙的，有着年青的绯色的三翠的脸，成为周遭同处的人欢喜原因之一，识相的，就在这脸上加以估计，说将来是有福气的脸。似乎也仿佛很相信相法那样事的测断，三翠对于目下生活完全乐观。她成天做事，做完了——不，是做到应当睡觉的时候了，——她就上到家中特为预备的床上，这床是板子上垫有草席，印花布的棉被，她除了热天，全是一钻进了棉被就睡死了。睡倒了，她就做梦，梦到在溪里捉鱼，到山上拾菌子，到田里捡禾线，到菜园里放风筝。那全是小时做女儿时

143

的事的重现。日里她快乐，在梦中她也是快乐的。在梦中，她把推磨的事忘掉了，把其余许多在日里做来觉得很费神的事也忘掉了。有时也有为恶梦惊吓的时候，或者是见一匹牛发了疯，用角触人，或者是涨了水，满天下是水，她知道是梦，就用脚死劲抖，即刻就醒了，醒了时，她总是听到远处河边的水车声音，这声音是象同谁说话，成天絮絮叨叨的，就是在梦中，她也时常听到它那俨然老婆子唱歌神气的声音，虽然为梦所吓，把人闹醒，但是，看看天，窗边还是黑魆魆的不见东西，她就仍然把眼睛闭上，仍然又梦到溪里捉鱼去了。

她的房后是牛栏，小牛吃奶大牛嚼草的声音，帮助她甜睡。牛栏上有板子，板子上有一个年纪十八岁的人，名字是苗子，她喊他做哥哥，这哥哥是等候这比他小五岁的三翠到十五岁后，就要同她同床的，她也知道这回事了。她不怕，不羞，只在无别个人在他们身边，他说笑话说两年以后什么时，她才红脸的跑了。她有点知道两年以后的事情了。她才是十三岁的女孩子。她夜里醒时听到牛栏上的打鼾声音，知道他是睡得很好的。

白天，她做些什么事？凡是一个媳妇应做的事她全做了。间或有时也挨点骂，伤心了，就躲到灶房或者溪边去哭一会儿，稍过一阵又仍然快乐的做事了。她的生活是许多童养媳的生活，凡是从乡下生长的，从内地来的，都可以想象得到。就是她那天真，那勤快，也是容易想象得到的事。稍不同的是许多童养媳成天在打骂折辱中过日子，她却是间或被做家长的教训罢了。为什么这样幸福？因为上面只有一个爹爹。至于那个睡在牛栏上的人呢，那是"平衔"的人，还不如城市中知道男子权利的人，所以她笑的时候比其余的童养媳就多了。

鸡叫了，天亮了，光明的日头渐渐由山后爬起，把它的光明分给了地面，到烟囱上也镀了金黄的颜色时，她起床了。起了床就到路旁井边去提水，身后跟的是一只小狗。露水湿着脚，嗅着微带香气的空气，脸为湿湿的风吹着，她到了井边，把水一瓢一瓢的舀到桶中。水满了桶，歪着身，匆促的转到家中，狗先进门。即刻用纸煤把灶肚内松毛引燃了。即刻锅中有热水了。狗到门外叫过路人去了。她在用大竹帚打扫院子了。这时在牛栏上那个人起身了，爹爹起身了，蹲到院落里廊檐下吸烟，或者编草鞋耳子，望到三翠扫地。不到一会，三翠

145

用浅边木盆把洗脸水舀来了，热气腾腾，放到廊下，父子又蹲着擦脸，用那为三翠所手作的牛肚布帕子，拧上一把，掩覆到脸上。盆边还有皂荚，捶得稀融，也为三翠所作。洗完脸，就问家长："煮苕还是煮饭？""随便。"或者在牛栏上睡觉那个人说"饭"，而爹爹又说"吃红薯"，那她折衷，两者全备，回头吃的却是苕拌饭。吃的东西有时由三翠出主意，就是听到说"随便"以后，则三翠较麻烦，因为自己是爱好的人，且知道他们欢喜的东西。把早饭一吃，大家出门。上山的上山，下田的下田，人一出门，牛也出门，狗也出门了，家中剩三翠一人。捡拾碗筷，捡拾……她也出门了。她出门下溪洗衣，或到后园看笋子，摘菜花，预备吃中饭用。

到了午时把饭预备好，男子回家了。到时不回，就得站到门外高坎上去，锐声的喊爹喊苗哥。她叫那在牛栏上睡的人叫苗哥，是爹爹所教的。喊着，象喊鸡，于是人回来了。三翠欢喜了，忙了。三人吃中饭。小猫咪咪叫着，鸡在桌子脚下闹着，为了打发鸡，常常停了自己吃饭，先来抓饭和糠，用手拌搅着，到院中去。"翠丫头，菜冷了！"喊着。"来了。"答应着。真来了。但苗

146

哥已吃完了，爹也吃完了，她于是收碗，到灶屋吃去。小猫翘起了尾，跟在身后到灶屋，跃到灶头上，竟吃碗中的饭，就抢到手上忙吃，对小猫做凶样子。"小黑，你抢我饭，我打你！"虽然这样说，到后却当真把饭泡汤给猫吃了，自己卷了袖子在热水锅里洗碗。

夜间，仍然打发人，打发狗，打发猫，……春天同夏天生活不同，但在事务繁杂琐碎方面却完全一样。除了做饭，烧水，她还会绩麻，纺棉纱，纳鞋，缝袜子。天给她工作上的兴趣比工作上的疲劳还多，所以她在生活中看不出她的不幸。

她忙着做事，仍然也忙着同邻近的人玩。春碓的，推磨的，浆洗衣裳的，不拘什么事人要她帮忙时，她并不想到推辞。

见到这样子活泼，对三翠，许多人是这样说过了。"三翠妹子，天保佑你，菩萨保佑你，有好丈夫，有福气。"听到了，想起好笑。什么保佑不保佑！那睡在牛栏上打鼾的人，有福气，戴金穿绸，进城去坐轿子，坐在家中打点牌，看看戏，无事可作就吃水烟袋烤火，这是乡下人所说的福气了。要这些有什么好处？她想：这是你们的，"你们"指的是那夸奖过了她的年长伯妈婶婶。她自己是年青人，年青人并不需要享福。

她的门前是一条溪。水落了，有蚌壳之类在沙中放光，可以拾作宝贝玩。涨了水，则由坝上掷下大的水注，长到一尺的鱼有时也可以得到。这溪很长，一直上到五里以上十里以上的来源。她还有一件事同这溪有关系的，就是赶鸭子下水。每早上，有时还不到烧水那时，她就放鸡放鸭，鸡一出笼各处飞，鸭子则从屋前的高坎上把它们赶下溪边。从高下降，日子一多，鸭子已仿佛能飞了，她每早要这鸭子飞！天气热，见到鸭子下水时，欢欢喜喜的呷呷地叫，她就拾石子打鸭子，一面骂："扁毛，打死你，你这样欢喜！"其实她在这样情形下，自己也莫名其妙的欢喜快乐了。她在这溪边，并且无时不快乐到如鸭子见水。

时间过去。

三翠十四岁了。

除了身个子长高，一切不变：所做的事，地方所有的习惯，溪中的水。鸡鸭每天下在笼中的卵，须由三翠用手去探取，回头又得到溪边洗手，这也不变。

是冬天。天冷，落了雪，人不出门，爹爹同苗哥在火堆边烤火取暖。在这房子里，可以看出这一家人今年的生活穷通。火的烟向上窜，仿佛挡了这烟的出路的，是无数带暗颜色的成块成方的腊肉。肉用绳穿孔悬挂在那上面钩上。还有鸡、鸭、野兔、麂子，一切的为过年而预备的肉，也挂在那里，等候排次排件来为三翠处置成下酒的东西。

爹爹同苗哥在烤火，在火边商量一件事。

"苗子，你愿意，就看日子。"

爹爹说着这样话时，三翠正走过房门外。她明白看日子的意义，如明白别的事一样，进到房中，手上拿的是一碗新蒸好的红薯，手就有点抖。她把红薯给爹爹，笑，稍稍露出忸怩的神气。

"爹。有锅巴了。这次顶好。"

爹取了，应当给苗哥，她不给，把碗放到桌上走出去。慢慢的走。她不知自己是怎么回事，同时想起是今早上听到有接亲的从屋前过去吹唢呐。

"丫头，来，我问你。"

听到爹喊，她回来了，站到火边烘手。

爹似乎想了一会，又不说话，就笑了。苗哥也笑。她又听着远处吹唢呐的声音了，且打铜锣，还放炮，炮仗声音虽听不到，但她想，必定有炮仗的。还有花轿，有拿缠红纸藁把的伴当，有穿马褂的媒人，新嫁娘则藏在轿里哭娘，她都能想得出。

见到两个人鬼鬼的笑，她就走到灶屋烧火处去了，用铁夹搅灶肚内的火，心里有刚才的事情存在。

她想得出，这时他们必定还在说那种事情，商量日子，商量请客，商量……

以后，爹爹来到灶房了，要她到隔邻院子王干爹家去借历书，她不做声，就走到王家去。王家先生是教书的秀才，先生娘是瘫子，终日坐到房中大木椅中，椅子象桶，这先生娘就在桶中过日子，得先生服侍，倒养得肥胖异常。三翠来了，先到先生娘身边去。

"干妈，过午了？"

"翠翠，谢你昨天的粑粑。"

"还要不要？那边屋里多咧多，会放坏。"

"你爹不出门？"

"通通不出门。"

"翠翠，你胖了，高了，象大姑娘了。"

她笑，想起别的事。

"年货全了没有？"

"爹爹进城买全了。有大红曲鱼，干妈，可以到我那里过年去。"

"这里也有大鱼，村里学生送的。"

"你苗哥？"

"他呀，他——"

"爹爹？"

"他要我来借历书。"

"做什么？是不是烧年纸？"

"我不知道。"

"这几天接媳妇的真多。（这瘫婆子又想了一会。）翠丫头，你今年多大了？"

"十四，七月间满的。干妈为我做到生日，又忘了！"

"进十五了，你象个大姑娘了。"

说到这话，三翠脸有点发烧。她不做声，因为谈到这些事上时照例小女子是无分的，就改口问："干妈，历书在不在？"

"你同干爹说去。"

她就到教书处厢下去，站到窗下，从窗子内望先生。

先生在教《诗经》说"关关雎鸠"，解释那些书上的字义。三翠不即进去，她站在廊下看坪中的雪，雪上有喜鹊足迹。喜鹊还在树上未飞去，不喳喳的叫，只咯咯的象老人咳嗽。喜鹊叫有喜。今天似乎是喜事了，她心中打量这事，然而看不出喜不喜来。

先生过一会，看出窗下的人影了，在里面问："是谁呀？"

"我。三翠。"

"三，你来干吗？"

"问干爹借历书看日子。"

"看什么日子？"

"我不知道。"

"莫非是看你苗哥做喜事的日子。"

她有点发急了。"干爹，历书有不有？"

"你拿去。"

她这才进来，进到书房，接历书。一眼望去，一些小鬼圆眼睛都望到自己，接了历书走出门，她轻轻的呸了一口。把历书得到，她仍然到瘫子处去。

"干妈，外面好雪？"

"我从这里也看得到，早上开窗，全白哩。"

"可不是。一个天下全白了。……"

远处又吹唢呐了。又是一个新娘子。她在这声音上出了神。唢呐的声音，瘫子也听到了，瘫子笑。

"干妈你笑什么？"

"你真象大人了，你爹怎么不——"

她不听。借故事忙，忙到连这一句话也听不完，匆匆的跑了。跑出门就跌在雪里。瘫子听到滑倒的声音，在房里问：

"翠翠，你跌了？忙什么？"

她站起掸身上的雪，不答应，走了。

过了十四天，距过年还有七天，那在牛栏上睡觉打呼的人，已经分派与三翠同床，从此在三翠身边打呼了。三翠作了人的妻，尽着妻的义务，初初象是多了一些事情，稍稍不习惯，到过年以后，一切也就完全习惯了。

她仍然在众人称赞中做着一个妇人应做的事。把日子过了一年。在十五岁上她就养了一个儿子，为爹爹添了一个孙，让丈夫得了父亲的名分。当母亲的事加在身上时，她仍然是这一家人的媳妇，成天做着各样事情的。人家称赞她各样能干，就是在生育儿子一事上也可敬服，她只有笑。她的良善并不是为谁奖励而生的。日子过去了，她并不会变。

但是，时代变了。

因为地方的变动，种田的不能安分的种田，爹爹一死，作丈夫的随了人出外县当兵去了。在家中依傍了瘫子干妈生活的三翠，把儿子养大到两岁，人还是同样的善良，有值得人欢喜的好处在。虽身世遭逢，在一个平常人看来已极其不幸，但她那圆圆的脸，一在孩子面前仍然是同小孩子一样发笑。生活的萧条不能使这人成为另一种人，她才十八岁！

又是冬天。教书的厢房已从十个学生减到四个了，秀才先生所讲的还是"关关雎鸠"一章。各处仍然是乘年底用花轿接新娘子，吹着唢呐打着铜锣来来去去。天是想落雪还不曾落雪的阴天。有水的地方已结了薄冰，无论如何快要落雪了。

三翠抱了孩子，从干妈房中出来，站在窗下听讲书。

她望到屋后那曾有喜鹊作巢的脱枝大刺桐树上的枝干。时正有唢呐声音从门前过身，她就追出门去看花轿，逗小孩子玩，小孩见了花轿就嚷"嫁娘嫁娘"。她也顺到孩子口气喊。到后，回到院中，天上飞雪了，小孩又嚷雪。她也嚷雪。天是落雪了，到明天，雪落满了地，这院子便将同四年前一个样子了。

抱小孩抱进屋，到了干妈身边。

"干妈，落雪了，大得很。"

"已经落了吗？"

"落雪明天就暖和了，现在正落着。"

因为干妈想看雪，她就把孩子放到床上，去开窗子。开了窗，干妈不单是看到了落雪的情形，也听到唢呐了。

"这样天冷，还有人接媳妇。"

三翠不作答，她出了神。

干妈又说："翠翠，过十五年，你毛毛又可以接媳妇了。"翠翠就笑。十五年，并不快，然而似乎一晃也就可以到眼前，这妇人所以笑了。说这话的干妈，是也并不想到十五年以后自己还活在世界上没有的。因为雪落了，想开窗，又因为有风，瘫子怕风。

155

"你把窗户关了，风大。"

照干妈意思，她又去把窗子关上。小孩这时闹起来了，就忙过去把小孩抱起。

"孩子饿了？"

"不。喂过奶了。他要睡。"

"你让他睡睡。"

"他又不愿意睡。"

小孩子哭，大声了，似乎有冤屈在胸中。

"你哭什么？小毛，再哭，猫儿来了。"

作母亲的抱了孩子，解衣露出奶头来喂奶，孩子得了奶，吮奶声音如猫吃东西。

"干妈，落了雪，明天我们可做冻豆腐了。"

"我想明天好做点豆豉。"

"我会做。今年我们腊肉太淡了，前天煮那个不行。"前天煮腊肉，是上坟，所以又接着说道："爹爹在时腊肉总爱咸。他欢喜盐重的，昨天那个他还吃不上口！"

"可惜他看不到毛毛了。"

三翠不答，稍过，又说道："野鸡今年真多，我上日子打坟前过身，飞起来四只，咯咯咯叫，若是爹爹在，有野鸡肉吃了。"

"苗子也欢喜这些。"

"他只欢喜打毛兔。"

"你们那枪为什么不卖给团上？"

"我不卖它。放到那里，几时要几时可用。"

"恐怕将来查出要罚，他们说过不许收这东西。我听你干爹说过。"

"他们要就让他们拿去，那值什么钱。"

"听说值好几十！"

"哪里，那是说九子枪！我们的抓子，二十吊钱不值的。"

"我听人说机关枪值一千。一杆枪二十只牛还换不到手。军队中有这东西。"

"苗子在军队里总看见过。"

"苗子月里都没有信！"

"开差到××去了，信要四十天，前回说起过。"

这时，孩子已安静了，睡眠了，她们的说话声也轻了。

"过年了，怎么没有信来。苗子是做官了，应当……（门前有接亲人过身，放了一炮，孩子被惊醒，又哭了。）

少爷，莫哭了。你爹带银子回来了。银子呀，金子呀，宝贝呀，莫哭，哭了老虎咬你！"

作母亲的也哄着。"乖，莫哭。看雪。落雪了。接嫁娘，吹唢呐，呜呜喇，呜呜喇。打铜锣；铛，团！铛，团！看喔，看喔，看我宝宝也要接一个小嫁娘喔！呜呜喇。呜呜喇。铛，团！铛，团！"

小孩仍然哭着，这时是吃奶也不行了。

"莫非吹了风，着凉了。"

听干妈说，就忙用手摸那孩子的头，吮那小手，且抱了孩子满房打圈，使小孩子如坐船。还是哭。就又抱到门边亮处去。

"喔，要看雪呀！喔，要吹风呀！婆婆说怕风吹坏你。吹不坏的。要出去吗？是，就出去！听，宝宝，呜呜喇，……"

她于是又把孩子抱出院中去。下台阶，稍稍的闪了身子一下，她想起上前年在雪中跌了一跤的事情了，那时干妈在房中问的话她也记起来了。她如何跑也记起来了。她就站着让雪在头上落，孩子头上也有了雪。

再过两年。

出门的人没有消息。儿子四岁。干爹死了，剩了瘫子干妈。她还是依傍在这干妈身旁过日子。因了她的照料，这瘫妇人似乎还可以永远活下去的样子。这事在别人看来，是一件功果还是一件罪孽，那还不可知的。

天保佑她，仍然是康健快乐。仍然是年青，有那逗人欢喜的和气的脸。仍然能做事，处理一切，井井有条。儿子长大了，不常须人照料了，她的期望，已从丈夫转到儿子方面了。儿子成了人才真是天保佑了这人。她在期望儿子长成的时间中，却并不想到一个儿子成人，母亲已如何上了年纪。

过去的是四年，时间似乎也并不很短促，人事方面所有的变动已足证明时间转移的可怕，然而她除了望日子飞快的过去，没有其他希望了。时间不留情不犹豫的过去，一些新的有力的打击，一些不可免的惶恐，一些天灾人祸，抵挡也不是容易事。然而因为一个属于别人幸福的估计，她无法自私，愿意自己变成无用而儿子却成伟大人物。

自从教书的干爹死了以后，瘫人一切皆需要三翠。她没有所谓"不忍之心"始不能与这一家唯一的人远离，她也没有要人鼓励才仍然来同这老弱疲惫妇人住在一起。她是一个在习惯下生存的人，在习惯下她已将一切人类美德与良心同化，只以为是这样才能生活了。她处处服从命运，凡是命运所加于她的一切不幸，她不想逃避也不知道应如何逃避。她知道她这种生活以外还有别种生活存在，但她却不知道人可以选择那机会不许可的事来做。

她除了生活在她所能生活的方式以内，只有做梦一件事稍稍与往日不同了。往日年幼，好玩，羡慕放浪不拘束与自然戏弄的生活，所以不是梦捉鱼就是梦爬山。一种小孩子的脾气与生活无关的梦，到近来已不做了。她近来梦到的总是落雪。雪中她年纪似乎很轻，听到人说及做妇人的什么时，就屡屡偷听一会。她又常常梦到教书先生，取皇历，讲"关关雎鸠"一章。她梦到牛栏上打鼾的那个人，还仍然是在牛栏上打鼾，大母牛在反刍的小小声音也仿佛时在耳边。还有，爹爹那和气的脸孔，爹爹的笑，完全是四年前。当有时梦到这些事情，而醒来又正听到远处那老水车唱歌的声音时，她想起过去，免不了也哭了。她若是懂得到天所给她的是些什么

160

不幸的戏弄，这人将成天哭去了。

做梦有什么用处？可以温暖自己的童心，可以忘掉眼前，她正象他人一样，不但在过去甜蜜的好生活上做过梦，在未来，也不觉得是野心扩大，把梦境在眼前展开了。她梦到儿子成人，接了媳妇。她梦到那从前在牛栏上睡觉的人穿了新衣回家，做什长了。她还梦到家中仍然有一只母牛，一只小花黄牛，是那在牛栏上睡觉的人在外赚钱买得的。

日子是悠悠的过去，儿子长大了，居然能用鸟枪打飞起的野鸡了，瘫子更老恙不中用了，三翠在众人的口中的完美并不消失。

到了后来。一只牛，已从她两只勤快手上抓来了。一个儿媳已快进门了。她做梦，只梦到抱小孩子，这小孩子却不是睡在牛栏上那人生的。

她抱了周年的孙儿到雪地里看他人接新嫁娘花轿过身时，她年纪是三十岁。

主 妇

我们住处在滇池边五里远近。虽名叫桃园，狭长小院中只三株不开花的小桃树点缀风景。院中还种有一片波斯菊，密丛丛的藻形柔弱叶干，夏末开花时，顶上一朵朵红花白花，错杂如锦如绮。桃树虽不开花，从五月起每到黄昏即有毒蛾来下卵，二三天后枝桠间即长满了美丽有毒毛毛虫。为烧除毛毛虫，欢呼中火燎齐举，增加了孩子们的服务热忱，并调和了乡居生活的单调与寂静。

村中数十所新式茅草房，各成行列分散于两个山脚边，雨季来临时，大多数房顶失修，每家必有一二间漏雨。我们用作厨房的一间，斜梁接榫处已开裂，修理不起，每当大雨倾盆，便有个小瀑布悬空而下。这件事白天发生尚容易应付，盆桶接换来得及。若半夜落雨，就得和主妇轮流起身接倒。小小疏忽厨房即变成一个水池，有青蛙爬上碗橱爬上锅盖，人来时还大不高兴神气，咚的一声跳下水。原来这可爱生物已把它当作室内游泳池，不免喧宾夺主！不漏雨的两间，房屋檐口太浅，地面土又松浮，门前水沟即常常可以筑坝。雨季中室内因之也依然常是湿霉霉的。主妇和孩子们，照例在饭后必用铲子去清除，有时客人还得参加。雨季最严重的七八月，每夜都可听到村中远近各处土墙倾圮闷钝声，恰如另外一时敌机来临的轰炸。一家大小四口，即估计着这种声音方向和次数，等待天明。因为万一不幸，这种圮坍也随时会在本院发生！

可是这一切都已经成为过去，仿佛和当前生活离得很远了。战争已结束，雨季也快结束了。我们还住在这个小小村子中，照样过着极端简单的日子，等待过年，等待转回北平。长晴数日，小院子里红白波斯菊在明净阳光中作成一片灿烂，滇池方面送来微风时，在微风中轻轻摇荡，俯仰之间似若向人表示生命的悦乐，虽暂时，实永久。为的是这片灿烂，将和南中国特有的明朗天宇及翠绿草木，保留在这一家人的印象中，还可望另一时表现在文字中。一家人在这片草花前小桌凳上吃晚饭时候，便由毛毛虫和青蛙，谈到屋前大路边延长半里的木香花，以及屋后两丈高绿色仙人掌，如何带回北平去展览，扩大加强了孩子们对"明日"的幻想，欢笑声中把八年来乡居生活的单调，日常分上的困苦疲劳，一例全卸除了。

九月八号的下午，主妇上过两堂课，从学校带了一身粉笔灰回来，书还不放下即走入厨房。看看火已升好，菜已洗好，米已淘好，一切就绪，心中本极适意，却故意作成埋怨神气说："二哥，你又来揽事，借故停工，不写你的文章，你菜洗不好，淘米不把石子仔细拣干净，帮忙反而忙我。这些事让我来，省点事！"

我正在书桌边计划一件待开始的工作。我明白那些话所代表的意义，埋怨中有感谢，因此回答说："所以有人称我为'象征主义者'我从不分辩。他指的也许是人，不是文章。然而'文如其人'，也马马虎虎。我怕你太累！一天到晚事作不完，上课，洗衣，做饭，缝衣，纳鞋，名目一大堆数也数不清，凡吃重事全由你担当。我纵能坐在桌边提起三钱二分重的毛笔，从从容容写文章，这文章写成有什么意义？事情分担一点点，我心里安些，生命也经济些。"

"你安心，今天已八号，礼拜五又到了，我心里可真不安！到时还得替你干着急，生命也真不经济！"

"你提起日子，倒引起了我另外一个题目。"

"可是你好象许多文章都只有个题目，再无下文。"

"有了题目就好办！今晚一定要完成它，很重要的，比别的任何事情都重要。我得战争！"

末后说的是八年来常说的一句老话。每到困难来临需要想法克服时，就那么说说，增加自己一点抵抗力、适应力。所不同处有时说得悲愤凄苦，有时却说得轻松快乐而已。

抗日战争结束后，八年中前后两个印象还明明朗朗嵌在我的记忆中。一是北平南苑第一回的轰炸，敌人二十七架飞机，在微雨清晨飞过城市上空光景。一是胜利和平那晚上，住桃园的六十岁加拿大老洋人彼得得到消息后，狂敲搪瓷面盆，满村子里各处报信光景。至于两个印象间的空隙，可得填上万千人民的死亡流离，无数名都大城的毁灭，以及万千人民理想与梦的蹂躏摧残，万千种哀乐得失交替。即以个人而言，说起来也就一言难尽！……我虽竭力避开思索温习过去生活的全部，却想起一篇文章，题名《主妇》，写成恰好十年。

同样是这么一天，北方入秋特有的明朗朗的阳光，在田野，在院中，在窗间由细纱滤过映到一叠白纸上。院中海棠果已红透，间或无风自落有一枚两枚跌到地面，发出小小钝声。有玉簪花的幽香从院中一角送来。小主妇带了周岁孩子，在院中大海棠树和新从家乡来的老保姆谈家常，说起两年前做新妇的故事。从唯有一个新娘子方能感觉到的种种说下去，听来简直如一首"叙事诗"。可是说到孩子出生后，却忽然沉默了。试从窗角张望张望，原来是孩子面前掉落了一个红红的果子，主妇和老保姆都不声不响逗孩子，情形和我推想到的恰恰相反。孩子的每一举动，完全把身心健康的小主妇迷惑住了。过去当前人事景物印象的综合，十小时中我完成了个故事，题名《主妇》。第二天当作婚后三年礼物送给主妇时，接受了这份礼物，一面看一面微笑，看到后来头低下去，一双眼睛却湿了。过了一会儿才抬起那双湿莹莹眼睛，眼光中充满真诚和善良。

167

"你写得真好，谢谢你。我有什么可送你的？我为人那么老实，那么无用，那么不会说话。让我用素朴忠诚来回答你的词藻吧。盼望你手中的笔，能用到更重要广大一方面去。至于给我呢，一点平静生活，已够了。我并不贪多！"

听过这话后，我明白，我失败了。比如作画，尽管是一个名家高手，若用许多眩目彩色和精细技巧画个女人面影，由不相识的人看来，已够显得神情温雅，仪态端丽。但由她本人看后，只谦虚微笑轻轻的说："你画得很好，很象，可是恰恰把我素朴忘了。"这画家纵十分自负，也不免有一丝儿惭愧从心中升起，嗒然若丧。因为他明白，素朴善良原是生命中一种品德，不容易用色彩加以表现。一个年青女人代表青春眼目眉发的光色，画笔还把握得住，至于同一人内蕴的素朴的美，想用朱墨来传神写照，可就困难了。

我当时于是也笑笑，聊以解嘲：

"第一流诗歌，照例只能称赞次一等的美丽。我文字长处，写乡村小儿女的恩怨，吃臭牛肉酸菜人物的粗卤，还容易逼真见好，形容你这三年，可就笨拙不堪了。且让这点好印象保留在我的生命中，作为我一种教育，好不好？你得相信，它将比任何一本伟大的书还影响我深刻。我需要教育，为的是乡下人灵魂，到都市来冒充文雅，其实还是野蛮之至！"

"一本书，你要阅读的也许是一本《新天方夜谭》吧。你自己说过，你是个生活教育已受得足够，还需要好好受情感教育的人。什么事能教育你情感，我不大清楚。或想象，或行为，我都不束缚你拘管你。倘若有什么年青的透明的心，美人的眉目笑颦，能启发你灵感，教育你的情感，是很好的事。只是大家都称道的文章，可不用独瞒我，总得让我也欣赏欣赏，不然真枉作了一个作家的妻子，连这点享受都得不到！"

话说得多诚实，多谦虚，多委婉！我几乎完全败北了。嗫嗫嚅嚅想有所分疏，感觉一切词藻在面对主妇素朴时都失去了意义。我借故逃开了。

从此以后，凡事再也不能在主妇面前有所辩解，一切雄辩都敌不过那个克己的沉默来得有意义有分量，从沉默或微笑中，我领受了一种既严厉又温和的教育，从任何一本书都得不到，从其他经验上也得不到的。

可是生命中却当真就还有一本《新天方夜谭》，一个从东方的头脑产生的连续故事，展开在眼前，内容荒唐而谲幻，艳冶而不庄。恰如一种图画与音乐的综合物。我搁下又复翻开，浏览过了好些片段篇章，终于方远远的把书抛去。

和自己弱点而战，我战争了十年。生命最脆弱一部分，即乡下人不见世面处，极容易为一切造形中完美艺术品而感动倾心。举凡另外一时另外一处热情与幻想结合产生的艺术，都能占有我的生命。尤其是阳光下生长那个完美的生物。美既随阳光所在而存在，情感泛滥流注亦即如云如水，复如云如水毫无凝滞。可是一种遇事忘我的情形，用人教育我的生活多累人！且在任何忘我情境中，总还有个谦退沉默黑脸长眉的影子，一本素朴的书，不离手边。

我看出了我的弱点，且更看出那个沉默微笑中的理解、宽容以及爱怨交缚。终于战胜了自己，手中一支笔也常常搁下了。因为我知道，单是一种艺术品，一种生物的灵魂明慧与肉体完美，以及长于点染丹黛调理眉黡，对我其实并非危险的吸引。可怕的还是附于这个生物的一切优点特点，偶然与我想象结合时，扇起那点忧郁和狂热。我的笔若再无节制使用下去，即近于将忧郁和狂热扩大延长。我得从作公民意识上，凡事与主妇合作，来应付那个真正战争所加给一家人的危险、困难，以及长久持家生活折磨所引起的疲乏。这一来，家中一切都在相互微笑中和孩子们歌呼欢乐净化了。草屋里案头上，陆续从田野摘来的野花，朱红的，宝石蓝的，一朵朵如紫色火焰的，鹅毛黄还带绒的，延长了每个春天到半年以上，也保持了主妇情感的柔韧，和肉体灵魂的长远青春。一种爱和艺术的证实，装饰了这本素朴小书的每一页。

今天又到了九月八号，四天前我已悄悄的约了三个朋友赶明天早车下乡，并托带了些酒菜糖果，来庆祝胜利，并庆祝小主妇持家十三年。事先不让她知道。我自己还得预备一点礼物。要稍稍别致，可不一定是值钱的。深秋中浅紫色和淡绿色的雏菊已过了时，肉红色成球的兰科植物也完了，抱春花恹恹无生气，只有带绒的小蓝花和开小白花的捕虫草科一种，还散布在荒草泽地上。小白花柔弱细干负着深黄色的细叶，叶形如一只只小手伸出尖指，掌心中安一滴甜胶，引诱泽地上小小蚊蚋虫蚁。顶上白花小如一米粒，却清香逼人。一切虽那么渺小脆弱，生命的完整性竟令人惊奇，俨如造物者特别精心在意，方能慢慢完成。把这个花聚敛作一大簇，插入浅口黑陶瓷盂中，搁向窗前时，那个黄白对比重叠交织，从黑黝黝一片陶器上托起，入目引起人一种入梦感觉。且感染于四周空气中，环境也便如浸润在梦里。

　　一家人就在这个窗前用晚饭。一切那么熟习，又恰恰如梦。孩子们在歌哭交替中长大，只记得明天日本投降签字，可把母亲作新娘子日期忘了。七七事变刚生下地才一个多月的虎虎，已到了小学四年级，妈妈身边的第五纵队，闪着双顽童的大眼睛，向我提出问题。

　　"爸爸，你说打完仗，我们得共同送妈妈一件礼物，什么礼物？你可准备好了？"

　　"我当然准备得有，可是明天才让你们知道。"

　　十一岁的龙龙说："还有我们的！得为我买本《天方夜谭》，给小弟买本《福尔摩斯》。"

　　主妇望着我笑着："看《天方夜谭》还早！将来有的是机会。"

　　我说："不如看我的《自传》动人，学会点顽童伎俩。至于虎虎呢，他已经是个小福尔摩斯了。"

小虎虎说："爸爸，我猜你一定又是演说，——一切要谢谢妈妈。完了。说的话可永远一样，怎么能教书？"

"太会说话就更不能教书了。譬如你，讲演第一，唱歌第二，习字就第五，团体服务还不及格。——君子动手不动口，你得学凡事动动手！"

"完全不对。我们打架时，老师说'君子动口不动手'。"

"老师说的自然是另外一回事。要你们莫打架，反内战，所以那么说。愚人照例常常要动手的！我呢。更不赞成打！打来打去，又得讲和，多麻烦。"

"那怎么又说动手不动口？"

"因为相骂也不好，比打还不容易调停，还不容易明白是非。目前聪明人的相骂，和愚蠢人的相打，都不是好事。"

和要人训话一样，说去说来大家都闹不清楚说什么。主妇把煮好的大酸梨端出，孩子们一齐嚷叫"君子们，快动手动口！"到这时，我的抽象理论自然一下全给两个顽童所表现的事实推翻了。

用过八年的竹架菜油灯放光时，黄黄的灯光把小房中一切，照得更如在一种梦境中。

"小妈妈，你们早些休息。大的工作累了，小的玩累了，到九点就休息，明天可能有客来。我还有事情要作，多坐一会儿。瓶子里的油一定够到……"

到十二点时，我当真还坐守在那个小书桌边。作些什么？温习温习属于一个小范围内世界相当抽象的历史，即一群生命各以不同方式，在各种偶然情形下侵入我生活中时，取予之际所形成的哀乐和得失。我本意照十年前的情形再写个故事，作为给主妇明天情绪上的装饰。记起十年前那番对话，起始第一行不知应该如何下笔，方能把一个素朴的心在纸上重视。对着桌前那一簇如梦的野花，我继续呆坐下去。一切沉寂，只有我心在跳跃，如一道桥梁，任一切"过去"通过时而摇摇不定。

进入九月九号上午三点左右，小书房通卧室那扇门，轻轻的推开后，主妇从门旁露出一张小黑脸，长眉下一双眼睛黑亮亮的，"嘻，你又在写文章给我作礼物，我知道的！不用太累，还是休息了吧。我们的生活，不必用那种故事，也过得上好！"

我于是说了个小谎，意思双关："生活的确不必要那些故事，也可过得上好的，我完全和你同意。我在温书，在看书，内容深刻动人，如同我自己写的，人物故事且比我写出来还动人。"

"看人家的和你自己写的，不问好坏，一例神往。这就是作家的一种性格。还有就是，看熟人永远陌生，陌生的反如相熟，这也是做作家一个条件。"

"小妈妈，从今天起，全世界战争都结束了，我们可不能例外！听我话好好的睡了吧。我这时留在桌边。和你明天留在厨房一样，互相无从帮助，也就不许干涉。这是一种分工，包含了真实的责任，虽劳不怨。从普通观点说，我做的事为追求抽象，你做的事为转入平庸，措词中的褒贬自不相同。可是你却明白我们这里有个共同点，由于共同对生命的理解和家庭的爱，追求的是二而一，为了一个家，各尽其分。别人不明白，不妨事，我们自己可得承认！"

"你身体不是刚好吗？怎么能熬夜？"

"一个人身体好就应当作事。我已经许久不动笔了！我是在写个小故事。"

主妇笑了，"我在迷迷糊糊中闻到烧什么，就醒了。我预备告你的是，可别因为我，象上回在城中那么，把什么杰作一股鲁又烧去，不留下一个字。知道的人明白这是你自己心中不安，不知道的还以为我妒嫉到你的想象，因此文章写成还得烧去，多可惜！"

"不，并不烧什么。只是油中有一点水，在爆炸。"口上虽那么说，我心中却对自己说："是一个人心在燃烧，在小小爆裂，在冒烟。虽认真而不必要。"可是我怯怯的望了她一眼，看看她是不是发现点什么。从主妇的微笑中，好象看出一种回答："凡事哪瞒得了我。"

我于是避开这个问题，反若理直气壮的向她说："小妈妈，你再不能闹我了！把我脑子一搅乱，故事到天亮也不能完成！你累了一整天，累了整十三年，怎么还不好好休息？"

"为了明天，大家得休息休息，才合理！"

我明白话中的双重意义。可是各人的明天却相似而不同。主妇得好好休息，恢复精力来接待几个下乡的朋友，并接受那种虽极烦琐事实上极愉快的家事。至于我呢，却得同灯油一样，燃干了方完事，方有个明天可言！我为自己想到的笑了，她为自己说到的也笑了。两种笑在黯黄黄灯光下融解了。两人对于具体的明天和抽象的明天都感到真诚的快乐。

主妇让步安静睡下后，我在灯盏中重新加了点油，在胃中送下一小杯热咖啡。

搅动那个小小银茶匙时，另外一时一种对话回复到了心上。

"二哥，不成的，十二点了，为了我们，你得躺躺！这算什么？"

"这算是对你说我有点懒惰不大努力的否认。你往常不是说过，只要肯好好尽力工作，什么都听我，即使不意中被一些年青女孩子的天赋长处，放光的眼睛，好听的声音，以及那个有式样的手足眉发攫走了我的心，也不妨事？这不问出于伟大的宽容或是透明理解，我都相信你说的本意极真诚。可是得用事实证明！"

"得用多少事？你自己想想看。"

"现在可只需用一件比较不严重的小事来试验，你即刻睡去，让我工作！我在工作！"

"你可想得到，这对于身边的人，是不是近于一种残忍？"

"你可想得到把一个待完成的作品扼毙，更残忍到什么程度？"

……

从这个对话温习中，我明白在生活和工作两事上，还有点儿相互矛盾，不易平衡。这也是一种生命的空隙，需要设法填平它。疏忽了时，凡空隙就能生长野草和霉苔。我得有计划在这个空隙处种一点花，种一个梦。比如近身那个虽脆弱却完整的捕虫科植物，在抽象中可有那么一种精美的东西，能栽培发育长大？可有一种奇迹，我能不必熬夜，从从容容完成五本十本书，而这些书既能平衡我对于生命所抱的幻念，不至相反带我到疯狂中？对于主妇，又能从书中得到一种满足，以为系由她的鼓励督促下产生？

这个无边际的思索，把我淹没复浮起。时间消失了。灯熄了。天明了。

我若重新有所寻觅，轻轻的开了门，和一只鹰一样，离开了宿食所寄的窠巢，向清新空阔的天宇下展翅飞去。在满是露水的田埂荒坟间，走了许久。只觉得空气冰凉，一直浸透到头脑顶深皱摺里。一会会，全身即已浴于温

178

暖朝阳光影中，地面一切也浴于这种光影中，草尖上全都串缀着带虹彩的露水。还有那个小小成台状的紫花，和有茸毛的高原蓝花，都若新从睡梦中苏醒，慢慢的展开夜里关闭的叶托，吐出小小花蕊和带粉的黄绒穗。目前世界对于我作成一种崭新的启示，万物多美好，多完整！人类抽象观念和具体知识，数千年积累所成就的任何伟大业绩，若从更深处看去，比起来都算得什么？田野间依然是露水，以及那个在露水朝阳中充分见出自然巧慧与庄严的野花。一种纯粹的神性，一切哲学的基本观念，一切艺术文学的伟大和神奇，亦无不由之孕育而出。

我想看看滇池，直向水边走去。但见浸在一片碧波中的西山列嶂，在烟岚湿雾中如一线黛绿长眉。那片水在阳光中闪亮，更加美目流波。自然的神性在我心中越加强，我的生命价值观即越转近一个疯子。不知不觉间两脚已踏到有螺蚌残骸的水畔。我知道，我的双脚和我的思索，在这个侵晨清新空气中散步，都未免走得太远了一点，再向前走，也许就会直入滇池水深处。我得回家了。

记起了答应过孩子送给主妇的礼物，就路旁摘了一大把带露水的蓝花，向家中跑去。

在门前即和主妇迎面相遇，正象是刚刚发现我的失踪，带着焦急不安心情去寻找我。

"你到什么地方去了？怎么不先说一声，留个字？孩子们都找你去了！"一眼瞥见那把蓝花，蓝花上闪亮的露水，"就为了这个好看，忘了另外一个着急。"

"不。我能忘掉你吗？只因为想照十年前一样，写篇小文章，纪念这个九月九日。呆坐了一夜，无下笔处。我觉悟了这十年不进步的事实。我已明白什么是素朴。可是，赞美它，我这复杂脑子就不知从何措手了。我的文章还是一个题目，《主妇》。至于本文呢（我把花递给她），你瞧它蓝得多好看！"

"一个象征主义者，一点不错！"

说到后来两人都笑了起来。

两种笑在清晨阳光下融解了。

主妇把那束蓝花插到一个白瓷敞口瓶中时，一面处理手中的花，一面说："你猜我想什么？"

"你在想，'这礼物比任何金珠宝贝都好！和那个"主妇"差不多！这是一种有个性有特性的生物，平凡中

180

有高贵品德。'你还想说，'大老爷，故事完成了，你为我好好睡两点钟吧。到十点火车叫时再起身，我们好一同去车站接客人。我希望客人中还有个会唱歌的美丽女孩子，大家好好玩一天！睡一睡吧，你太累了！'……我将说'不，我不过只是这一天有点累，你累了十三年！你就从不说要休息。我想起就惭愧难过'！"

"这也值得想值得惭愧吗？我还是第一次听到你说惭愧！"

从主妇不甚自然微笑中，依约看到一点眼泪，眼泪中看到天国。

桌案上那束小蓝花如火焰燃烧，小白花如梦迷蒙。我似乎当真有点儿累了。似乎遥闻一种呼唤招邀声，担心我迷失于两种花所引起的情感中，不知所归，又若招邀本自花中而出，燃烧与作梦，正是故事的起始，并非结束。

一九四五年九月九日作于昆明桃源，
一九四六年九月北平写成。

芸庐纪事

陌生的地方和陌生的人

我欢喜辰州那个河滩，不管水落水涨，每天总有个时节在那河滩上散步。那地方上水船下水船虽那么多，由一个内行眼中看来，就不会有两只相同的船。我尤其喜欢那些从辰溪一带载运货物下来的高腹昂头"广舶子"，一来总斜斜的孤独的搁在河滩黄泥里，小水手从船舱里搬取南瓜、茄子，或成束的生麻，黑色放光的圆瓮。那船只在暗褐色的尾梢上，常常晾得有妇人褪了色的朱红裤褂，背景是黄色或浅碧色一派清波。一切都那么和谐，那么愁人。

美丽总是愁人的，当时我或者很快乐，却用的是

183

发愁字样。但事实上每每见到这种光景，我必然默默的注视许久。我要人同我说一句话，我要一个最熟的人，来同我讨论这种光景。……（《从文自传·女难》）

小船去辰州还约三十里，两岸山头已较小，不再壁立拔峰，渐渐成为一堆堆黛色与浅绿相间的丘阜，山势既较和平，河水也温和多了。两岸人家越来越多，随处都可以见到碧油油的毛竹林。山头已无雪。虽还不出太阳，气候干冷，天空倒明明朗朗。……

小船上尽长滩后，到了一个小小水村边，有母鸡生蛋的声音，有人隔河呼喊过渡的声音。两山不高而翠色迎人。许多等待修理的小船，斜卧在干涸河滩上。有人正在一只船边敲敲打打，用碎麻头和桐油石灰嵌进船缝里去。一个下驶木筏上，还搁了一只小小白木船，在平潭中溜着。筏上十多个水手都蹲在木筏一角吸烟。忽然村中有炮仗声音，有唢呐声音，且有锣声，原来村中人正接媳妇，打发新娘轿子出门。锣声一起，修船的，划船的，放木筏的，莫不停止了工作，向锣声起处望去——多美丽的一幅图画，一首诗！……

184

下午二时左右，我坐的那只小船，已经把辰河由桃源到沅陵一段路程主要滩水上完，到了一个平静长潭里。天气转晴，日头初出，两岸小山作浅绿色，一丛丛竹子生长在山下水边，山水秀雅明丽如西湖，却另有一分西湖缺少的清润。船离辰州只差十里，过不久，船到白塔下，再上一个小滩，转过山嘴，就可以看到税关上飘扬的长幡了。

我坐在后舱口稀薄日光下，向着河流清算我对于这条河水这个地方的一切旧帐。原来我离开了这个地方已十六年。想起这一堆倏然而来飘然而逝的日子，想起这堆日子中所有人事的变迁，我轻轻的叹息了好些次。……

望着汤汤的流水，我心中好象忽然彻悟了一点人生，同时又好象从这条河上，新得到了一点智慧。的的确确，这河水过去给我的是"知识"，如今给我的却是"智慧"。山头一抹淡淡的午后阳光感动我，水底各色圆如棋子的石头也感动我。我心中似乎毫无渣滓，透明烛照，对面前万象百物，对拉船人和小小船只，一切都那么爱着，十分温暖的爱着。我的情感早

185

已融入这第二故乡一切光景声色里了。我仿佛很渺小很谦卑，对一切有生无生似乎都在向我伸手，且微笑的轻轻的说：

"我来了，是的，我依然和从前一样的来了。我们全是原来的样子，真令人高兴。你，充满着牛粪和桐油气味的小小河街，……很可喜的是我们还互相认识，因为我们过去实在太熟悉了"。(《湘行散记·一九三四年一月十八》)

就在这个地方，一九三七年十二月某一天，下午两点钟左右，有三个身穿大学生制服的青年，脸色疲劳中见出快乐与惊奇，从县城长河对岸汽车站，向河码头走去，准备过渡进城。到得河边高处时，几个人不由得同声叫喊起来：

"呀！好一片水！"

几个人原来是中央政治学校的学生，因为学校奉令向沅水流域上游芷江县迁移，一部分学生就由长沙搭客车上行，一部分学生又由常德坐小船上行，到达沅陵后再行集中，坐车往芷江本校。几个学生恰好坐车到沅陵，在长沙时，一同读过一本近于导游性质的小书，对这个地方充满了一种奇异感情。并且在武汉，在长沙，另外还听过许多有关湘西的迷信传说，所以人来到这个地方后，凡事无不用另外眼光相看。进城目的就是预备观光，并准备接受一切不习惯的事事物物。几个人过了渡，不多久，就从一个水淋淋的码头在一些粗毛腿与大水桶中间挤进了城里，混合在大街上人群中了。大街上正是日中为市人来人往顶热闹时候，到处是军人、公务员、船户、学生、厨子、主妇，以及由四乡各地远近十里二十里上城卖米卖炭的乡下人，办年货跑乡的小商人。人的洪流中还可见到三三两两穿镶黑白边灰布道袍的洋尼姑，走路时颈脖直挺如一只一只大灰鹅。还有戴小圆帽的中国尼姑，脸冻得红红的，慈眉善眼的，居多提了小篮子和小罐子，出卖庵堂中的产品。蜂蜜和鸡蛋，酸辣子与豆腐乳。卖棉纱线时还带个竹篮子，一起出脱。在离欲绝爱的静寂生活中，见出尚知道把精力的贮存，带出庵堂，到扰攘市廛里，从普通交易上换点油盐或鞋面布。

大街头挑担子叫饺饵卖米粉或别的热冷吃食的，都把担子停搁在人家屋檐下，等待主顾。生意当时，必忙个不息；生意冷落，就各自敲打小梆小锣，口内还哼哼唧唧，唱着嚷着，间或又故意把锅盖甩甩，用小铜勺在热汤中捞一两下，招引过路人注意，并增加一点市面的喧嚣。

当地大商号多江西帮，开花纱字号的铺子，一个矩形柜台旁常常站满了人，在布匹挑选中只听到撕布声音和剪子铰布声音，算帐数钱声音。柜台向屋里一面，进身多一直延长到三丈左右，虽货物堆积，照例还空出个大厅子。厅前大圈椅上，间或坐个六七十岁肥白的老娘子，照三十年前旧式打扮，穿大袖滚边盘云摹本缎大毛出风袄子，衣襟上挂了串镀金镶玉银三事。梳理得极光的头发，戴上玄青缎子帽勒，帽勒正中装饰着一粒珍珠或翠玉。手腕上带副翠玉镯头，长指甲手指上套两三个金镶翠戒子。棕子脚端端正正，踏着京式白铜镂花大烘炉，手里捧着个银质鹅颈形水烟袋，一面从容不迫吸烟一面欣赏街景，并观看到铺子来照顾生意的各色各样人物。不到十岁小丫头，名字不是叫荷花，就是叫桂香，照例站在大老板娘身边装烟倒茶。间或从街上人丛中发现个乡下妇人，携带有篮子箩箩，知道不外是卖冬菌葛粉等等山货，就要小丫头把人叫进厅子，恰恰如大观园贾母接待刘姥姥神气，自己端坐不动，却尽小丫头在面前拣选货物，商讨价钱。交易作成时，说不定还要小丫头去取几个白米糍粑，送给那乡下妇人身边的孩子。那乡下妇人也还可向老太太讨一贴头痛膏，几包痧药。总之，照习惯，小小交易中还有个情谊流注，和普通商业完全不同。

各种各式的商店都有主顾进进出出，各种货物都堆积如山，从河下帆船运载新来的货物，还不断的在起卸。事事都表示这个地方因受战事刺激，人口向内迁徙，物资流动，需要增加后，货物的吸收和分散，都完全在一种不可形容匆忙中进行，市面既因之而繁荣，乡村也将为这种繁荣，在急剧中发生变化。配合战争需要，市民普通训练已逐一施行，商店从业员抽签应征壮丁训练的日益增多，一部分商店便用"女店员"应门。和尚、尼姑、道士以及普通人家的妇女，都已遵照省中功令，起始试行集训。城里城外各个大空坪，对河汽车站空地，每天早晚都可发现这种受训队伍，大街上也常有这种队伍游行。从时间算来，去首都南京陷落：已××天了。

其时大街上忽然起了一种骚动，原因是正有个小小队伍过街，领头的是个高大雄强妇人，扛了一面六尺见方的白旗，经过处两面铺中人和行路人都引起了惊奇，原来是当地土娼作救护集训，在北门外师管区大操坪检阅后第一次游行。绰号"观音"或"迫击炮"的小婊子，无不照法定格式，穿了蓝布衣服参加。后面还跟着一大群小孩子，追踪这个队伍，听他们喊口号唱歌。看热闹的因之多用一种特殊兴趣，指点队伍中的熟人。游行队伍过尽后，路旁行人恢复了原来的扰攘活动，都把这种游行和战事将来当作话题。若照省中举办的新政说来，差不多所有国民都得参加训练，好准备战事转入洞庭湖泽地带时的防御。集训事虽然极新，给人不便利处甚多，尤其是未经考虑即推行到尼姑娼妓方面去。推行这个工作时，即主持其事的人，也不免感到庄严以外的兴趣。但各种问题既在普遍热忱中活动，因之在这个地方，过不多久也就见出了点全面战争的意味，生活改进与适应，比过去二十年还迅速。大街上多新来此地的外省人，虽本人多从南京、武汉来，见多识广。眼见到这种游行队伍，必依然充满新奇印象。他若是机关中人，一面知道当地征兵情形，一面看见这种接受长期战争的准备，必更增多一点对于"湖南作风"的热忱和希望。尤其是若把这个省分和接近战区的安徽、湖北比较，在人事运用上便见出这种湖南精神，一定可以给战争不少信心，也会对于当前负责主持一省政事的，保留一个新鲜良好印象。

那几个政校学生，从商人口中知道适才过身是个娼妓行列时，在个人经验上还是件新鲜事情。所以其中一个年纪二十二三岁的青年，就把手中拿的一本灰布面烫银的小书，轻轻的拍打着，笑嘻嘻的向同伴说：

"老兄，不错！我们当真来到湘西了。让我们一件一件的来证明这本书上提起的事情吧，这比玩桃花源有意思多了。这才真是桃花源哩！你瞧，这街上有多少划船的水手，我们想看看他们怎么和吊脚楼妇人做爱，有的是机会。再多歇两天，说不定还可见识好些希奇古怪的人。"

几个同伴于是都笑着，另外一个忽伸手指点两个在前面小杂货店停下的乡下人：

"嗨，看那两个人！"

大家一同望去，原来是一对乡下人，少年夫妻样子，女的脸庞棕色透出健康红色，眉目俊秀，鼻准完美，额角光光的，下巴尖尖的，穿了件浅蓝的短袄子，罩上个葱绿泛紫布围裙，围裙上扣了朵小黑花，把围裙用一条手指头粗银链条约束在身后，银链一端坠两个小小银鱼铃。背个细篾竹笼，里面装了两只小白兔，眼珠子通红，大耳朵不住的摇动。男子身材瘦而长，英武爽朗中带上三分野气，即通常所谓"山里人气味"。肩头扛了几张花斑的兽皮，和一卷大蛇皮，正向商家兜售。几个年青学生半个月来正被手中一本小书诱惑，早进入了一个完全陌生的社会，而且在完全陌生的状态里，于是身不由己，带了三分好奇，齐向两人身边走去。直到被两个"山里人"所注意到，带点防卫神气时，才借故询问了一下蛇皮价格。由于言语隔阂，相互不能达意，终于走开了。一个戴近视眼镜哲学家模样的学生赞颂似的说：

　　"这才是人物，是生命！你想想看，生活和我们相隔多远！简直象他那个肩头上山猫皮一样，是一种完全生长在另外一个空间的生物，是原生的英雄，中国'人猿泰山'！"

几个同学听到这种抒情的赞美，不免都笑将起来。恰好迎面又来了本队四个同学，于是大伙儿把眼耳所及当成一个谈天题目，一面谈笑，一面走去。

忽然前面一点铺子里，围了一大群人，好象吵架样子。原来是一个政校学生，正和商店中人发生争持，另外有一个瘦弱肮脏小流氓神气的中年男子，也无事忙参加了进去，在那里嘶着个喉咙乱嚷。发生纠纷的原因，还依然是语言隔阂。这个瘦小闲汉子，本为排难解纷而加入，人多口乱，不知不觉间自己却已陷入一种需要他人排难解纷的地位。只听见这个人用一口不纯粹的北方话向那北方籍学生说：

"不成的，不成的，学生应讲道理，这地方不能随便乱打人的！你说你是委员长学生，这算什么！中国有万万千他的学生，不能拿这个压服人。你有钱，他有货，他不卖，就是委员长自己来也不能强买。"

"不该骂人！"

"骂你什么？你说，你们学政治，政治学中可有'打人'一科？什么人教？张奚若？钱端升？"

那学生见那么一个猥琐人物，带点管闲事神气，当众人面前来教训他，并且带了点嘲笑意味，引得旁边人哄然大笑，心中气愤不过，就想伸手把说话的捞着摔到地下去，一面伸手一面说：

"你是个什么人，我就要打你，你把我怎么样！"

几个同学这时正挤拢去，还以为捉到了一个小偷，也叫喊助威："打，打，只管打！"

那瘦小人物见人多手多，好汉不吃眼前亏，有点着急。瞪着一双小而湿濛濛的眼睛，去人丛中搜寻说话的人，好象要见识见识，认清对方，准备领教。并且仿佛当真要战斗一场的神气，赶忙把身上那件肮脏破烂青呢大衣脱去，放在柜台上，挽好了短袄袖子，举起那个瘦小拳头，向虚空舞着。

"好，你们要打吗？我怕你小子才怪，真不讲道理。试试看，一个一个来。"

那哲学家样子的学生，正打量把手上那本小书向他头上抛去，这时恰好一个中级军官模样的青年人过身，先还以为是本部兵士闹事，挤进去一看，原来是"大先生"和人发生纠葛，便把那个学生的书一把扣住了，且忙喝住说：

"同志，打不得，有话好说。是什么事情？这地方不是前方，有什么理由必需动武，有勇气，上前方去，到我们这里闹什么。"

那学生见纠纷中参加了一位现役军官，神气冷静沉着，还以为可以得到帮助。因此便说：

"这东西讨厌，我们买东西，他来插嘴骂人，想讹诈人。"

"他骂你什么？杂种狗养的，是不是？还是……你说，他讹诈你？讹诈你什么，说说看。"

学生可答不上来了，其余学生还来不及说什么，那军官于是回过头去，恭恭敬敬行了个军礼，"大先生，什么事情？哪个敢打你！老虎头上动土，还了得？"这一来，看热闹的可愣住了，学生更愣住了。一切人情绪，忽然起了变化，因为想不到；军官和那小老头子熟识，而且对他态度恭敬亲热得很。

那神气猥琐的小老头，见来解围的是驻扎当地的团长，就用本地话嚷着说：

"好，团长老弟来评个理。这些外来学生和王老板做生意，吵了起来，我过路看见，好意劝他不要闹，有话好好说得清楚，不想他们倒要打起我来了。还以为人多手多，打了背后有'中央'，倚势压人，天不怕，地不怕，什么都不怕。这成吗？"（他于是指定那个用书打他的学生）"我知道你们都是政治学校的。有多少人我也知道。你们欢喜打架，好，到我们这地方来还少人奉陪？我先跟你们去见见管你们的队长，教育长，咱们说好了，再挑出选手来，大家到城外河滩上去打个痛快。一个对一个，一百对一百，有多少对多少。"说到后来，自己不由的大笑了起来。观众中也有人笑了起来。

那军官看看事情很小，打量小事化无事，便笑着排解说：

"大先生，什么人敢打你，这还成话？我说是什么，原来豆子大事情，我还以为出了命案。"又转身向那个学生说："同志，事情小，不要闹。你们初来到我们这个小地方，说话不大懂，小误会，说明白就好了，不要这样子。你说他骂你，他讹诈你，这是笑话。他会讹诈你这些学生？这是我们大先生，当地出名的土地公公，会随口骂人？讹人？不讲个分明就动手，你们会出麻烦的。不讲道理会吃亏的。大家真有勇气，留下来明天和日本

196

鬼子去见个高低。我们打仗日子还长哩。大先生，你说是不是？"

那瘦小老头打了个喷嚏，一面穿上那件破大衣，一面也笑着说："可不是！先到我们湘西来练习练习也好。你们不是尤家巷小婊子，还要动员，'观音''迫击炮'都在游行！政治大学学政治，学到什么地方去了？不害羞！"一句话，把看热闹的和打架的都说得笑起来。

身旁边有认识大先生的，见事情不会扩大了，想打圆儿就插口说：

"好，大先生不用生气，你一天事情忙，做你事情去吧。这些年轻人不用管了。有眼不识泰山。算了吧。"

"这就是我的事情。古人说：路见不平，拔刀相助。这是我的脾气。"

军官笑着说："拔什么刀？修脚刀还是裁纸刀？老大爷，得了，你还只想跑关东做镖手。不要比武了，我们走，到我团里吃酒去，有好茅台！"其时手上还拿着从那学生抢来的那本小书，随意看一眼封面，灰布封面烫了四个银字，《湘行散记》。心想："好，砖头打砖窑，事情巧。"笑笑的，把书交还给了那个学生，"同志，这个

197

还你，你看这个吗？书是看的，可不是打人的！"不再说什么，便把大先生拉走了。

看热闹的闲人，一面说笑一面也就散开了。原先那个王老板，似乎直到此时才记起本地商人一句格言："生意不成仁义在"，正拿了两个杯子和一把茶壶放在柜台上，请几个学生喝茶。用着做生意人好讲话口气，向几个学生攀交情。

"同志，请喝茶！你们从南京来，辛苦了。你们不知道，我们这个大先生，是个好人！人不可貌相，海水不可斗量，这是个了不起的人，南北口外哪里不到过，看见太阳可多啊。家住在城里灵官巷一所大房子里，你们一下车，在对河码头上抬头就可见到那房子。两个大院子中好多花木！别瞧他眼睛眯眯小，可画得一手好人像，一模一样的！他有两个兄弟，一个在北方大学教书，一个在前线带兵打仗。为人心好性情急，一见人吵架，就要加入说理，听又听不清，说又说不清。听我们说话不明白，他一来排解，就更糟了。同志可不要多心，我们湘西人都心直，一根肠子笔直到底，欢喜朋友。可不要随便动手，我们地方正有一师人在前线作战！"

商人说的话，学生听来自然还是有一半不懂，不过从神气上看，总算是得了"和平"，也不大失体面，自然不再寻问究竟，就散开了。

几个人因为兴奋了一阵，虽然逛街，还依旧各自保留一个好事"花子"的印象在脑中，另外一时见面必可认识。可是做梦也万想不到，人家用来作湘西指南导游，在路上得到许多快乐，先前一时还想用它作武器的那本小书，就与面前这个花子模样人物有关系。书中许多问题，要证实它，还只有请教这个小老头子才能得到满意结果的。正所谓缘法不巧，不免当面便错过了。

大先生得相熟军官解了围，一同走去，那军官一面走，一面就笑着说：

"老大爷，你怎么和那小毛头学生也比起武来了？简直是战斗性太强了，这可不成！"

"嗨，这些学生，才真不讲道理，正想用'中央'身分打人。见我参加，还要把个鲁仲连也揍一顿。你想想，姓沈的我会怕他们吗？可是人多手多，来个狗扑羊，真的动手，我怕会有点招架不住。幸好团长你来了，救了驾。"

"你知不知道险些儿被一件什么法宝打中？"

"那还消说，总是桔子、甘蔗，湘西出的，河边卖的。"

"哈，不是河边的，还是你家里的，——我看那学生正举起手来，想把一件法宝敲你的头，我一想，这还了得，大爷的头一打破，到哪里去找人间的智多星？多危险！我一下子就抢住了。把那东西顺眼看看，原来是你家二先生的大作。湘西什么记。真是无巧不成书！好，砖头打到砖窑上，打伤了，才真是报上的好新闻，给政校丢脸！"

"真的吗？你怎不告诉我？我晓得这样，倒得把那个法宝没收，当你面作个证人，小子也奈何不得。"虽那么说，这好管闲事的好人，心里却转了个念头，"不打不成相识，几个人说不定还在街头闲荡，我应当请他们到家里喝杯茶，尽个东道！"

因此闪不知从军官身边一溜，就走开了。一会儿，又独自在街口上人丛中挤来挤去了。

大先生，你一天忙到晚，究竟干吗？

大先生到任何地方去，都给人一种匆忙印象，正好象有件事永远办不完，必需抽出时间去赶作。又好象身上被什么法师安有根看不见的发条，一经被什么小事扭紧后，即身不由己的整天忙到晚。事实呢，不过是"习惯"养成那么一种脾气罢了。但一个人若经过三十年还能好好保持他的习惯，我们一定得承认，这人被他人看作"怪物"，原是很平常自然的事！几个同乡老朋友都欢喜叫他做"洋人"，也是充满了友情开玩笑给的称呼。

这个人的年纪，一眼望去，约莫在四十五六岁左右，若就性格说来，又只似乎还不到一半岁数。身材异常瘦弱，脸庞永远有点肮肮脏脏。瘦削的脸颊上嵌了一双红丝锁边的小眼睛，眼睛上套了一副黑胶边老凹光镜。看人时总迷迷糊糊，仿佛只能从方向上告给人"我正看你"，事实上是不大清楚的。鼻子皱皱缩缩，两撮鼻毫毛象两个刷子一般伸出鼻孔外，悬挂在新刮过的尖尖嘴巴上，上面还照例留下些粘液。口腔缩而略尖，好象时时刻刻在轻微抽搐。一张开时，就见出错落不齐排列草率牙齿中，有两粒包金牙齿，因之更加显得不调和。说话时口音哑沙沙的，含糊不清，声调低沉而忧伤。因为听觉不佳，听人说话时非大声叫嚷不分明，自己也就养成一种嚷叫的习惯。走路时两只瘦腿转动得很快，只是向前冲，过于急促时，便不免常常和人迎面相撞。别人若喝着说："没有眼睛吗？怎么乱撞！"大先生就回答说："你难道也没眼睛，不看见我是瞎子！"别人看看，好象当真是个瞎子，自然也就罢了。样子既不好看，穿著经常又十分马虎，所以陌生人从神气间推测，总以为非学非商，倒很象个侦缉队员的小助手，或侦缉队员的目的物。猥琐以外还处处见出一个"老枪"的派面，恰象是身心多年来即早已被烟膏浸透，烟气熏透，且必需用鸦片烟作粮食，方能继续维持生存。然而若仔细一点从这人像貌骨骼上看看，也许还可以发现一点另外东西。五官实在相当端正，耳大面长，鼻梁高直，额角宽阔隆耸，外表某种邋遢马虎处，终掩不住他那点人格的正直与热情，智慧和巧思。正象本地话说的，是个内相端正的人物。

大先生既每天那么满街走动，因此所有本城开铺子的人，无有不认识他，且与他发生交易或其他友谊关系。作小贩的，摆屠案桌的，卖鱼卖菜的，柴米场上作经纪人的，邮政局送信和税关上办事的，传教行医的，以及刚在大街上排队游行的那些娘儿们，——总而言之，支持这个城市活动或点缀这个城市繁荣的，无不认识"大先生"，称他"大先生"，对于他充满好意和友情。

他虽然永远好象那么忙，可无什么固定的目的和任务等待完成，完全是从习惯中养成的兴趣，一种闲散生活所许可的兴趣。到街上任何一处都可停下来，说两句笑话，嚷一嚷，再低下头去把铺子里新到的货物药品仿单商标研究欣赏一番，问问行市，问问销路，便鲇鱼似的溜了开去，要挽留也挽留不住。且时时象个水獭模样，从人丛中挤进一个生意预热闹的南货铺，一直进到柜台里，就火炉边看看报，这里翻翻，那里看看，买点什么，又用手抓点冰糖、芝麻糖塞到口中去，或拿两个樟脑丸往口袋一放，待付钱时，却照例为人挡了回去，大先生，你又来这一手了，这也把钱？他总说公事公办，可是店老板却趁势抓一把新到荔子红枣之类塞到他那大衣口袋里去，笑嘻嘻的把他推出了铺子。来去铺子中人照例一见到他必照例叫一声大先生，坐一坐喝杯茶吧，你一天总是忙？如若遇到一个相熟船夫时，必然会说长道短好一会，或叫一声"干亲家"，约好上船喝酒时方走开。间或也许会被一个军官模样人拉住膀子不放松，"家乡""前线""天上""地下"说了许多，末了且一定要邀他上馆子去吃一碗羊肉大面，叙叙契阔。却情不过时，即就近在面馆子门前站站，把一片刚出笼的黄蛋糕，一下子挤进口中，一面吃一面说："大爷，道谢道谢，我还要有事去！明天见！明天到我家里来吃牛肚子，冬菌炖鸡。欢迎你来，包你有吃的。好，有朋友也只管邀来！这时节我还有好多事！"当真有什么事必需要他去作，他自己就永远不明白。可是别人如有事，询问清楚后，必即刻为人去作，却都把些自己待作的事放在一边。

但自然还有些事他要做做，先是到城里相熟去处，点个卯，有老太太的，自然应当留下来听听骨风痛一类申诉，这种申诉便包含代找狗皮膏药的义务。有什么人家在玩牌，也就站在身后随便看看输赢。再出城转到河边，过税关趸船上看看当天拢了多少船，开动多少船，且就便向税关中办事人打听一下有无名人要人过路。到把所要知道的弄清楚后，再沿河滩走去，看看停靠在码头上的船只，起卸些什么货物，有些什么新奇东西，或是一个外国传教师的行李，或是"中央"的机器，他照例都可以从管税关的人打听清楚。且可从水手方面问得出上下游前一天发生什么新事。凡有关系值得注意的消息，他在另一时另一处叙述及时，必同时还把船户姓名背数得出。看完船后，就重新转到渡船码头去站站，看看渡口的风景，一时不上渡船过河，却先就码头边问问桔柚甘蔗行市，讲妥了价钱后，必挑选大件头买两三块钱，先把钱交给人，或嘱咐送到一个表亲戚处，一个朋友处，或送回自己家里。小生意人若嫌路远生意忙，不能抽身，不肯送货物去，大先生一定把头偏着瞅定那麻阳商人，做成绝交神气："你送不送？不送就拉倒！"人若说："不知道房子，怕把门号弄错。"大先生一定说："你送去，到了那里问十二号门牌，不会错！"如果生意闹僵时，大先生必赌气不要。迟迟疑疑他就不要。"嘿，希罕你的宝贝，维他命，人参果，还我钱好了！"说不定身边恰好有个好事船上人，两方面都认识，在旁边打圆场说话："傻狗子，你只管送去，大先生还会亏你？他房子不会认错，门前有株大青树，挂了块大蓝匾，门里有个大花园，大房子，大洋狗——大先生的保镖洋狗，尽管见人就叫，不乱咬人的！你送去，大先生不会亏你！"大先生听到这种称赞后，又高兴起来了，闭上一只小眼睛，妩媚的笑着，（笑时样子必更奇丑）重新取出钱包，在那小生意人手心里，多加了两角钱，"你送去，这是你吃酒的！我们一回生，二回熟。你认不得我。我会帮你宣传，一船桔子三五天就脱空，你好装货赶回麻阳县过年！"又回头向那旁边人说："老庚，你认识我，好！"

"大先生为人大仁大义，有口皆碑，什么人不认识！"

"你说什么，有口该杯？这年成米贵到一十四块钱一石，一人一杯要多少酒喝！今年不成了，愿也还不了，请不起大家喝酒了！"

为人本来耳朵有点背晦，所以有时也就装作只听得一言半语，故意攀藤引葛的把话岔开。随即走过造船处去看什么人打新船安龙骨去了。

总之，无论风晴雨雪，自从六年前把那个房子造好后，这个人的生活秩序，就那么安排定了。有时节或有十天半月大先生忽然间在当地失了踪，这城中各处都不见大先生踪迹，朋友便猜想得出，大先生必然已因事离开了本地，到另外一个什么码头忙去了。这出行不外两种原因：或坐上水船回二百八十里外的老家凤凰县，扫墓看亲戚，参加戚友婚丧典礼。或坐下水船下常德府，往长沙玩玩。兴趣好就一直向更远处走去，往上海、北平、青岛弟妹处去。闪不知走去，又闪不知回转来，一切都出于偶然；这偶然却可以把他那个八十磅重的身体送到两三千里以外。若向上行，每次必带些土产回来，准备请客。若向下行，可带的自然就更多了。花园中的果木，外国种花草，苏州的糖果，北平的蜜饯，烟台的苹果，广东的荔枝干，以至于新疆的葡萄干、哈密瓜。做酒席用的海味作料，牛奶粉，番茄酱，糊墙的法国金彩花纸，沙发上的锦缎垫褥，以及一些图书杂志……无不是从这种使人无从预料的短期旅行搜罗得来。一切作为竟似乎完全出于同一动机，即天真烂漫的童心，主要在使接近自己的人为之惊奇，在惊奇中得到一点快乐，大先生也就非常快乐，忘了舟车劳苦和金钱花费。回来时遇到好朋友，必请回家去欣赏旅行所得，并谈说一阵子"下边"事情。只要客人把大拇指翘起来，笑笑的说一句"大先生，你真是个怪人！"就心满意足了。

若到上海北平去看弟妹，必事先毫无通知，到达某地时，忽然作一个不速之客来叩门。行动飘忽处也就为的是让弟妹初见面那一回又惊又喜。或听到这样埋怨：
"大哥，你怎么信都不先写一个，好让我来接你！"大先
生必装作顽皮样子，故意说笑："我又不是要人，难道怕
人绑票行刺，得要你来保驾！"

"你不是事情很忙？怎么忽然就来了？"

大先生因此更加得意，一面用手掌抹拭额上豆粒大
汗，天真无邪的笑着，"你算不着我会来看你们，是不
是？我就是这种脾气，说走就走，家里人也不曾想到我
要作五千里旅行，什么人都不知道，我自己也不知道！"

"预备住多久呢？住两个月……"

"什么？两个月！玩三天我就得回去。家里还有好些
事办不清楚，待我回去料理！"

"住一个礼拜，好好的玩玩！"

"嗨，一个礼拜，我到家了啊。"（伸出三个手指）
"不多不少，三天。"

他说的自然是真话，住三五天必然又得走路。因为
这种肯定也仿佛能给他自己一点快乐。事实上说不定家
里木石工人这时正等待盼咐做什么样式花台，一缸子霉
豆腐得他加作料和酒，一堆腌肉得他亲手熏熏，一些新

种花木得上肥料分苗。离家行为不仅出人意外，且常常不免出于自己意外。不赶紧回去可不成。可是急于回去更重要一个理由，自然还是"夺锦标"般尽一些不知道他出门的亲友，初见面时那一阵子惊讶。这惊讶的快乐是平分的。为了信实起见，行程虽极急促，且照例到一个地方，必把过去一时他人嘱托购买的药物用品，就方便一一买好，便于一下子放到朋友面前，作个证明。

这一来，朋友自不免又惊又喜，"哈，你这个洋人，真是个有法术的土行孙！怎么我们眼睛一打岔，闪不知就不见了你，过几天你倒又从北京上海看热闹回来了！我们一辈子都象有几根绳子绊住脚后跟，走不动路。你这个怪人，天上地下好象都去得了，就只差不曾从王母娘娘宫殿御花园里带蟠桃回来。"

大先生在这种带做作的阿谀中，笑得把小眼睛合拢，又装成谦虚不过神气，"哪里哪里，我是无官一身轻，想上路就上路！不比你们有重要事业，放手不下！到我家里吃饭去，便饭！不客气！"吃饭的用意，自然还是准备给人家快乐和惊奇。因为王母娘娘的蟠桃虽不曾带回来，碗口大的山东肥城桃，说不定在饭后就摆上桌子来了。说不定北平通三益的蜜枣杏脯，也被他从三千里外带回来，请客享受。东西数量虽不多，可是总应有尽有。重要在变戏法般使同乡当面吃那一惊！

一切行为愿望都出于同一动机，即满足他人和自己，从平凡生活中多了些不平凡意料之外变化，行为愿望中充满了天真的爱娇。就因为这种性情，使他在当地成为一个最有趣味的人物，同时也是一个知名之士。

那点天真稚气用到同一目的另一方式上，因之同时又增加了他一种特殊记忆力和感觉力。每到一个地方，虽只留下三五天，大先生必然把那地方许多新近发生的种种，弄得清清楚楚。上海电车换了什么路线，租界添了多少花钱新玩意儿，能领略的三天以内他必可一一领略。北平故宫换了多少新画，有些什么特别宝物，图书馆展览会有多少古版书和插图本子，他照例在一度观光后也能记得十分清楚，同时还必然把参观说明带回。青岛海滨避暑别墅，某某名人住某号门牌，某大饭店要多少钱一天，重要或琐碎的，凡是能供家乡朋友开心的事，他也一例记在心上，可以随问随答。并且每次这种旅行除了带回一些故事和吃食外，还必然带回点较持久能帮助家中人记忆的东西，或是一幅字画，一块石头，一种珍贵的花药。他自己认为一生中最得意的事情，却是六年前有一次用同一作风跑到青岛去，经由上海港瞎跑了七天，回转到家里时，却从一大堆记忆印象中掏摸出一个楼房的印象来。三个月后就自己设计，自己监工，且小部分还是自己动手调灰垒石，在原有小楼房旁边空地上，造成了座半中半西的楼房，大小七个房间，上下的窗户，楼梯和栏干，房间的天花板颜色，墙壁上彩纸的花样，无一不象在青岛时看见的那座楼房。大先生的用意，原来就是等待在青岛教书的兄弟归来时，如同当年"新丰父老"不可免的那一惊！

战争一来，中国全变了样子。战争空气起始即影响到大先生一家。恐怕这个山城会要受空袭，大先生把家中女眷送回三百里外老家去后，房子腾空了，一个人就坐下来等待南北两方面的消息。北方一个弟弟虽逃出了北平，孩子们可留在孤城中上不了路。南方一个弟弟带了一团兵上前线，战争发生以后即无消息。因此一来大先生在凡事照常中就多添了一分为远人安全的挂虑。至于这个规模不大的水边城市，起始是河道运输暂时的停

211

顿，过不久就恢复了。随即是对河汽车公路开始了军事运输，每天至少有两三百辆大卡车和其他特种车辆通过，还有一二千辆大小汽车上的外来人转移疏散到这地方落脚。过不久，中央机关人员物资也疏散到了这个地方，伤兵医院也成立了。各种市民的集训，更把这个小城市装点了几分战争空气。这种种影响到当地的商业，自必比其他个人生活变化重要。惟这种种影响到大先生时，自然更增加焦虑。他变成了当地一个更忙碌的人物，为国家战争消息和家中人安全消息而更忙。第一是北平住家的兄弟一家人，生活情形已完全隔绝。其次是另外一个兄弟，带了家乡那一团子弟兵，究竟在什么地方作战，作战情形如何，结果如何，从各方面探听，都得不到一点消息。后来虽间接知道杭州陷落前，这个部队曾在嘉善一带防守，兄弟受伤后，曾在杭州一个医院治疗，杭州一失陷，消息就断绝了。

大先生既得不到所需要的消息，因此每天除却上街走动，还要到几个相熟军官处去坐坐，再往邮电局看看信件电讯，往长途电话局问问长沙留守处有无来电，又过河去汽车站看看有无这个部队中从前方退回来的军人。

可是一切努力都无结果。直到人事方面已感绝望时，大先生还保留一种幻想，以为一定还隔绝在沦陷区什么小地方，过不多久必可逃脱归来。若照往常情形，大先生必早已悄悄的离开了家，直向前方跑去，看个究竟。现在战事正还吃紧，中央大小机关都一例陆续向上迁移，前线军队情形多保守秘密，交通又不方便，战事还正在变化中，有逐渐延展到南昌武汉的趋势。南京一陷落后，内地和江浙一部分地方都失了连络，受伤的若不是来不及离开医院，或转浙赣路时车辆失事，就一定是还在沦陷区了。

因为一个不可解的信念，大先生总以为到街上或许可从偶然中得到一点消息。即或是顶不幸的消息，也总比悬荡着好。不想在街上却和几个政校学生兴奋了一阵。如今在街上有意来找那几个学生，虽看见好些学生，可不曾碰到原来那几个。因此预备过河去，上了一只方头渡船后，船一时尚未离岸。一会儿，对河那只渡船正向这边驶来，船上有个兵士眼睛尖利，远远的就叫喊：

"大老爷，大老爷，有人找你！你家厨子沿河各处找你！"

大先生只听到前面几句话，就照例带笑回答说："有人找我。什么事找我？我又不欠人印字钱，难道县里王霸汤怀要请我上衙门打官司？"

"不是别人，是你家里的厨子老宋。他说长沙有电话，等你去接，是你家团长来的！"

"哈呀，团长来了电话了吗？"

不待再问情形，就从船头向河滩一跳，视线既不大好，加之渡船一摇荡，距离便不准确，到地时一只脚陷在河边泥淖里，拔出的是一只光光的白脚，船上人都大笑起来。大先生全不注意，一面去泥淖中捞取鞋袜，一面还自言自语说：

"哈，团长有电话来！"

半点钟后，大先生已回转家中，督促另外一个用人，把楼房中每一处都打扫得干干净净，窗帷也换了新的。并为受伤回来的军官，把一切应用物品都准备好了。

家中厨子回来时，因为在对河要好小妇人处烧了几口荤烟，喝了一杯子酒，怕上楼被大先生闻嗅得出气味，就站在院子正中，仰头对楼廊上的大先生带点埋怨神情说：

"大老爷，你究竟到哪里去了，我天上地下哪里不找寻你！团长来了电话，要你去接，我全城里去找你，打上灯笼火把门角落里也找遍，只不见你！我还以为你过和尚洲买柚子去了！……"

大先生不声不响，听厨子把谎话说下去，直到厨子自觉话已说得太多，超过当前需要时，大先生方装成十分生气故意的骂着："宋老太爷，好了，得了。你不见我，我知道你还到报馆去登过报，城门边贴过寻人招纸条儿。你这个人，天上地下都找到了，怎么不到对河'航空母舰'那里去找我？你以为我不知道你过河的用意。一到婊子家里就坐了半天商量招郎上门事情，哄那婊子开心。还借故灯笼火把门角落都照过，你用了多少灯笼火把，开个账来算算看。……你上来让我闻闻，你不到'航空母舰'家里吃荤烟，我一个月加你三十块钱薪水。"

厨子老宋摸得准大先生脾气，知道口中笑话多时必有开心事，因此不再用别的谎话支吾，就说：

"大老爷，团长来了电话，我早上听有喜鹊叫，就知道一定有喜事！"

"喜事吧！等等团长回来时，我要他先打你二十大板，开革了你，好让你过河去做那婊子的上门女婿，才是你的大喜事。"

过了一会儿，大先生在楼下便向两个朋友宣布，团长来了电话，人已到长沙，伤势不重，明天就要坐师长的小汽车回家了。说到这里时，于是又吩咐厨子老宋说："你快去宏恩医院，看看张大夫在不在家，在家里为我请过来吃饭。他说来，你就赶快到中南门合心馆匀两斤生百叶牛肚子来，说我有客要生炒用。一定办好，不许误事，听清楚了没有？"

两个朋友中一个小胖子便嘻嘻的笑着说："妙极了，大爷，应当贺喜！我们口福多好。有大爷的拿手好菜，我们一人喝半瓶茅台，不许打嗝。你不相信，试打个赌看看。"

"不成不成，恕不招待。米贵得很，一滴儿酒都不预备。"

"不成，大家也吃不成。老大爷，你不让我吃，我今天一定不走路。我是著名的狗皮膏药，粘上板凳就不要想甩脱！"

"世界上有这种强横的客人，我可没听说过！"

"世界上有会拿手杰作生炒牛肚的主人，就免不了会有强吃上座的客人！大爷难道还好意思多我一个人！"

吃饭时，和大夫把一切都商量好了。怕病人不能行动，医院还准备了一副担架。待把大夫和两个客人送走时，上了灯，大先生洗个手，换了件清洁衣服，在堂屋祖先牌位前烧了点香。生平本不迷信鬼神，用意却在对于过世的长辈表示怀念与崇敬。"祭神如神在"，把香焚过后，想起远人这次从九死一生中归来，喜悦之余，不免有点儿悲伤。这个房子原本是为母亲休养经营的，料不到房屋刚一落成，老人就在家乡中去世了。从此以后，楼上最爽朗的一间，就永远空着。如今这个房间，恰好让一个为国家流血归来的幼弟休养，人事的偶然，已超过了打算，所以大先生不觉发了一会儿痴。可是不多久，就又忙匆匆的出了大门，到天主堂向神父办交涉去了。原来他想起了病人疲劳，得喝一点葡萄酒恢复体力，这地方惟有教堂神父藏有好酒，也唯有大先生能从神父地窖中把酒取回家中。唯恐明天来不及办理，就即刻走去。

动静

一

冬日长晴，山城雾多。早晚全个山城都包裹在一片湿雾里。大清早雾气笼罩了一切，人家和长河，难于分辨，那时节只能从三种声音推测出这个地方的位置——对河汽车站的汽车发动机吼声，城外高地几个军营的喇叭声，市区长街上卖糕饼的小梆小锣声。

稍迟一会，隔河山峰露出了头，庄严而妩媚，积翠堆蓝，如新经浣洗过一般。雾气正被朝阳逼迫，逐渐敛缩侵润的范围。城中湿雾也慢慢的散开，城中较高处的房屋，在微阳中渐次出现时，各披上一层珍珠灰光泽，颜色奇异，很象梦魇中宫殿。从高处向下眺望，更可得到一个令人希奇的印象。原来城中次高地一部分桔柚，与沿河平地房屋，尚完全包围在整片白雾中，只有教堂三个尖尖的屋顶，和几所庙宇，及公家建筑物，两座临河城门楼，地位比较高，现出一点轮廓。其时上述三种声音已经停止了，湿雾迷蒙中却有尖锐的鹰声啼唤，不

218

知来自空中，还是出发于教堂附近老皂角树上，住宅区空地较多，杂树成林。桔柚早已下树，间或有二三养树果子遗留在浓翠间，分外明黄照眼。雾气退尽时，桔柚林中活泼好斗善鸣的画眉鸟，歌声越来越利落。天气虽清寒逼人，倒仿佛已有点春天意味。

绕城是一条长河，河身夹在两列长山中，水清而流速，鱼大如人。到城中雾气敛尽时，河面尚完全被这种湿雾所占领，顺随河身曲折，如一条宽阔的白色丝带，向东蜿蜒而去。其时虽看不见水面船只和木筏，但从蒙雾中却可听得出行船弄筏人的歌呼声和橹桡激水声。

河上湿雾完全消失，大河边巨大黑色岩石上，沙滩上，有扇尾形，和红颈脖，戴丝绒高冠，各种小小水鸟跳跃鸣叫时，大约已将近九点钟，本城人照习惯在吃早饭了。

记载上常称长沙地方"卑湿阴雨，令人郁闷，且不永年"。屈原的疯狂，贾谊的早死，证实了这种地方气候的恶劣。五溪蛮所在地的沅水流域，传说中的瘴蛊，俨若随时随地都可以致人死命，自然更使旅行者视为畏途。除非万不得已，便是湖南中部的人民，平时也不甚乐意来到这山城中活受罪。然而今年冬晴特别长，两月来山城中终日可见太阳。冬日长晴，土地枯燥，乡下人因之推测明年麦麻烟草收成必不大好。可是鸟雀多由深山丛林中向城市里飞，就城区附近菜园麻园疏松土地上觅食小虫蚁讨生活。生活既不困难，天气又异常和暖，不饥不寒，因此这些雀鸟无事可作的清晨，便在人家桔柚树梢头歌呼，俨然自得其乐，同时也用它娱乐山城中的住民。虽然山城中大多数人对于冬晴的意义，却只有一件事，柴炭落价。

地方离战区炮火尚远在二千里外，地势上又是个比较偏僻的区域，因此还好好的保持小山城原有那一分静。这种静境不特保持在阳光空气里，并且还保持在一切有生命的声音行动里。

战事虽逐渐向内地推移，有转入云梦洞庭湖泽地带可能。对河汽车站停放的车辆种类数量日见增多，车站附近无数新做成临时性的小小白木房子，经常即住满了外来人。城区长街尤多这种装束特殊的过路人。城门边每天都可发现当地党部，行政官署，县商会，以及一切社会团体机关，轮流贴换大小不一的红绿标语。本省兵役法业已实行，壮丁训练早普及一般市民，按期抽丁入伍，推广到执行各种业务的少壮男子。社训或妇训，更影响到和尚尼姑，以及在这小山城中经营最古职业某种妇女日常生活习惯，这些人也必须参加各种集会和社会服务。白日中，长街上已有青年学生和受训民众结队游行。城中且发现了伤兵，设立了伤兵医院，由党部主持的为伤兵医院募捐，及慰劳伤兵举行的游艺会，都有过了。报纸上常描写到汉奸间谍，在这小山城中也居然有过，而且被军警捉来，经过审讯证实后，就照习惯把他捆缚起来押到河边枪决示众了。举凡一切热闹，一切和战事有关系的人事变动，都陆续出现，对当地发生了影响。可是超越这一切人事活动，依然有一种不可形容的静，在这小山城中似乎还好好保持下来。

每天黄昏来时，湿雾照例从河面升起，如一匹轻纱。先是摊成一薄片，浮在水面，渐如被一双看不见的奇异魔手，抓紧又放松，反复了多次后，雾色便渐渐浓厚起来，而且逐渐上升，停顿在这城区屋瓦间，不上升也不下降，如有所期待。轻柔而滚动，缓缓流动，然而方位却始终不见有何变化。颜色由乳白转成浅灰，终于和带

221

紫的暮色混成一气，不可分别。黄昏已来，河面照例极静，但见隔河远山野火正在燃烧，一片红光，忽然展宽拉长，忽然又完全熄灭，毫无所见。其实这种野火日夜不熄，业已燃烧了多日，只因距离太远，荒山太多，白日里注意到它时，不过一点白烟罢了。

二

就在这个小山城数千户人家里，还有一个人家，俨然与外面各事隔绝。地僻人稀，屋主人在极端清静中享受这山城中一切。

这人家房子位置在城中一个略微凸出的山角上，狭长如一条带子。屋前随地势划出一个狭长三角形的院落，用矮矮黄土墙围定。墙隅屋角都种有枝叶细弱的紫竹，和杂果杂花。院中近屋檐前，有一排髹绿的花架，架上陶盆中山茶花盛开，如一球球火焰。院当中有三个砖砌的方形花坛，花坛中有一丛天竹和两树红梅花。房子是两所黄土色新式楼房，并排作一字形，楼下有一道宽阔的过道相接，楼上有一道同样宽阔的走廊。廊子上可俯瞰全城屋瓦，远望绕城长河，和河中船只上下。屋前附近是三个桔园，绿树成行，并种有葱韭菜蔬。桔树尽头教堂背后，有几株老皂角树，日常有孤独老鹰和牛屎八哥群鸟栖息，各不相犯，向阳取暖，呼鸣欢吵。廊子上由早到晚，还可接受冬日的太阳光。

屋主人住在这个小楼上，躺在走廊摇椅里，向阳取暖，休养身心，已有了两个月。或对整个晒在冬阳下的城中瓦屋默想，或只是静听清晨湿雾中的老鹰和画眉鸟鸣叫。从外表看来，竟俨然是个生命之火业已衰竭的隐士，无事可作，或不欲再作任何事，到这里来避寒纳福。

屋前石坎下有条小路，向西转入市区，向东不远就可到达一个当地教会中学和毗邻学校的医院。过路学生多向上仰视，见这房子的布置，和屋主人生活从容光景，年轻人常不免心怀小小不平，以为"这是一个资产阶级的房子，住下一个官僚"，除此以外，别无所知。自从战事一起始，这些可爱的年轻人，已成为整个县城活动的源泉，开会游行，举凡一切救亡运动，无不需要他们参加。这些年轻人也自以为生存在大时代里，生活改变，已成为战争一分子。都觉得爱憎情绪日益强烈，与旧习惯不能妥协。都读了许多小册子，以为从小册子取得了一切有关战争应有的宝贵知识。自己业已觉悟，所以要领导群众，教育群众，重造历史。

有一天，两个初中学生代表到当地党部去开会，回学校时，正见到屋主人在门前看人调马。主人是个年纪轻轻的男子，身材虽十分壮美，脸色却白白的，显得血色不足，两只手搁在短短的皮大衣口袋中，完全如一大少爷。正嘱咐那养马人，每天应给马两个鸡蛋吃。年轻学生走过身时，其中之一就说："看呀，一个荒淫无耻的代表。"另一个笑笑，不曾作声。

那一个于是又向同伴说："这种人对国家有什么用处？手无缚鸡之力，是个废物！完全是个废物！"那年青男子虽听得分明，还以为是在说他那匹马，就笑着说："不是废物，你不要以为它样子不好看，它一天能走二百里路！"

年青学生气愤愤的说："走两百里路，逃到我们这里来，把什么东西都吃贵了！"

"你说它吃鸡蛋吗？它有功国家的。"

那学生不乐意这种谈话，轻轻的骂了一声"废物"，就走去了。

年青男子毫不在意的转身去告马夫梳理尾巴的方法。却料不到这学生正是骂他，他还心想："两个小朋友年纪青，血气盛，可爱得很。"

房屋既毗邻教会产业，与医院相去不远，医院中一个外科医生，两月前即成了这个人家来往最勤的客人。到后来，当地另外一些年青人因为筹备演戏慰劳伤兵，向医生借看护白衣，问及借军衣手枪，无意中由这个外科医生口中，透露了一些消息，才知道原来这房子里边正住下了一个年青人所倾心崇拜的受伤军官。因十月里在东战场受了重伤，失血过多，方回到这个后方来休养治疗。

医生也是一个年青人，热诚而喜事，不免在叙述中，给那军官在年青学生中，造成一个异常动人的画像。

医生说："你们成天看报，不是都知道沪杭路上有一个兴登堡防线吗？他就是在那道防线打仗的一个军官。他是个团长，有一千五百人归他指挥。一共三师人在那方面，他守的是铁道线正面。大家各自躲在钢骨水泥作成的国防工事里，挖好了机关枪眼儿，冷冷静静的打。敌人六十架飞机从早到晚轮流来轰炸，一直炸了八天。

225

试想想，炸了八天！大炮整天的轰，附近土地翻起了泥土同耕过一样。一个旅部的工事，一天中就有八百枚炮弹落到附近三百公尺里土地上！想想看，这仗怎么打！八天中白天守在工事里，晚上出击夜袭，饭也不好好的吃过一顿。到后来，一千五百名士兵和所有下级军官伤亡快尽了，只剩下一百二十个人，掩护友军撤退后，才突围冲出。他腰腿受了重伤，回到后方来调养。年纪还只大你们几岁，骑马打枪，样样在行，极有意思的！这是你们做人的榜样！"

好事医生的述说，自然煽起了年青学生的好奇心。

自此以后，这个人家的清静被打破了。先是四个学生随同医生来作私人慰问，随后便五个七个来听故事。好一阵日子，这人家每天照例都有三三五五年青学生进出，或在廊子上谈天，或在小院中散步。来到这里的多怀了一种崇敬之念和好奇心，乐于认识这个民族英雄。或听他说说前线作战事情，或提出些和战争有关的问题，请他答复。或取出一个小小本子，逼他签名。或邀约他出席当地团体集会，听他讲演。过不久，连那两个最激进的学生代表，也带着愧悔之情来拜访了。凡来过的年青学生，都似乎若有所得，这家中原有的那一分静，看看便已失去了。

医生来检查这个军官的身体时，每见他正在廊上或院中马棚边和学生谈话，上至日本天皇，下至母马，无所不说，医生总在旁微笑，意思象是对那些年青人说："怎么样，不错吧。你们现在可好了，不至于彷徨了吧。这一来你们得到了许多知识，明白了许多事情。战争可不是儿戏！要打下去，大家都得学这个人。好好的尽一个战时公民的责任，准备做一个民族英雄。日子长咧！我们要打三十年仗！"

一群年轻学生走去后，医生来给这个军官注射药针，看了看脸色，听了听脉搏，就说："好多了，比上月好多了。"说了却望着他好笑，神气正如先时一样，意思象要说："怎么样，不错吧。这是国家的元气，你的后盾！你还得来尽点义务，好好的教育他们，鼓励他们，改造他们，国家有办法的！"

军官似乎完全懂得他意思，只是报以微笑。很显然，年青军官对于这些中学生，是感到完全满意信托的。

医生要军官说说对于这些年轻人的意见，军官就说："小朋友都很可爱。生气勃勃，又有志气，有血性，全是当地优秀分子，将来建国的人材！我听他们说，实在不想再读书了，要从军去。我劝他们要从军先去受正式军校训练，却都不乐意，倒想将来参加游击战。照读书人说法，这只是浪漫情绪的扩张。可能做诗人，却不能作一个很好下级军官。这种年龄一定是这么打算。他们都以为我了解他们，同情他们。我真正应当抱歉，虽同情他们，实在不大了解他们。他们对于战争，同我们做军人的看法似乎不大容易完全一致。诗意太多，太不切近事实。一切得慢慢来，从各种教育帮助上提到实践上去。"

医生说："可是他们都很崇拜你！"

军官只是笑，对医生说的完全表示同意，却保留了一点不说："这崇拜是无意义的，至少这崇拜对他们没有任何好处。因为目下的问题，单是崇拜还不成！事情是要人去做的！"

一个学生和一个军人，对于战争的认识，当然不会一致。从不离开学校的青年学生，很容易把"战争"二字看成一个极其抽象的名词。这名词包含了一点幻想的悲壮与美丽同荣誉或恐怖，百事综合组成一章动人伟大的诗歌。至于一个身经百战的军人呢，战争不过一种"事实"而已。完全是一种十分困难而又极其简单的事实。面对这种事实时，只是"生"和"死"，别无他事可言。在炮火密集钢铁崩裂中，极端的沉静，忍耐，纵难战胜，尚可持久。至于慌乱，紧张，以及过分的勇敢，不必要的行动，只是白白牺牲罢了。战争既是一种单纯的事实，便毫无浪漫情绪活动余地。一个军人对于战争的态度，就是服从命令，保卫土地。无退却命令，炮火虽猛，必依然守定防线不动。死亡临头，沉默死去，腐烂完事。受伤来不及救济，自己又无力爬回后方，也还是躺在湿湿的泥土凹坑中，让血液从伤口流尽，沉默死去。若幸而脱出，或受伤退下，伤愈后别无他事可作，还要再作准备，继续上前，直到战争结束或自己生命被战争所结束时为止。在生和死的边际上，虽有无数动人的壮烈惨痛场面，可是一切文学名词完全失去其意义，英雄主义更不能生根。凡使后方年轻人感动的记载，在前方就决不会有谁感动。大家所知道的只有一件事，忍受。为国家前途，忍受。为战胜敌人，忍受。

因此一来，到这些年轻学生把好奇心稍稍失去后，对于这个半年来在猛烈炮火直接教育下讨生活的军人，自然重新发现了些事情。主要的是慢慢的觉得这是一个十分单纯的家伙，谈什么都不大懂。便是战争，所懂的也好象是另外一套，并不与年轻学生想象中的战争相同。尤其是对于青年学生很热心想参加游击战，却不愿受正规军事训练，认为是浪漫情绪的表现，不切事实，缺少对战争应有的共同认识，损害了年青人的自尊心。于是一群年青学生，在意识中恢复了读书人对军人的传统观念，以为这个军人虽有教养，有实际经验，还是一个"老粗"。而且政治头脑不发达，对战争认识还不够深刻。那两个更热心的学生代表，先还不知道军官是个过来人，想在谈话中给这位军人一点特殊教育，接谈结果竟适得其反，才发现什么主义什么路线军官都比他们明白得多。因此另外不免发生了一种反感，以为这是一个转变了的军人，生活充满了小资产阶级气息，无可救药。本来预备跟这军官来学的几种军事课程，也无兴趣继续上课了。山城虽小，本地无日无集会，年青学生都甚忙。于是大家就抛下了这个"民族英雄"，转作其他有意义的活动宣传去了。

住处回复了过去半月前那一种静。

医生来时，见楼上大房子空空的，放了许多椅子，墙上还悬了一片三尺见方的黑板，茶几上还有一盒粉笔。知道是屋主人之一，军官的哥哥，特意为年青学生上军事学预备的。可是一看情形，就知道这种预备是徒劳了。军官独自坐在走廊前摇椅上，翻阅一本小小军用地图。好象很闲静，又似乎难于忍受这种闲静。

医生说："团长，你气色好多了。你应当走动走动。天气好，出城去走走好。骑骑马也无害。你那马许久不骑，上了膘，怕不会跑路了。人和牲口都得活动一下！"

军官说："当真好象全好了。现在就只走动时腿上有点发麻，别的不觉得什么了。我不愿意用撑架出去，因为近于招摇。我还真不愿意有人知道我是谁！"

"可是知道的人已很多了。尤其是那些学生，都欢喜你，崇拜你。"

"那些可爱的学生吗？"

"就是那些人，他们不是要跟你上课吗？我听他们说，你肯教他们，都很高兴，这比平时军训有实用意义得多！"

"可是他们一定为别的事情忙，上了两课，就不来了。这玩意儿实在也是很干燥的。比学什么还死板，又不具体。"

军官提起了这件事情时，似乎不大愉快，翻出一幅地图指定某一点给医生看，"这里情形越来越糟了，不久会要受攻击的。这里得有人！我腿好了，要回到那边去。他们一定希望我早些去。"

"你不是还有两个月休假吗？"

"让别人去休息吧，你不知道我住在这里两个月，已闷慌了。虽只两个月，好象有了两年，这样住下去，同老太爷似的，哪能习惯？前面老朋友多着，都在炮火里，我留在这里，心中发慌！"

三

师部来了急电，限这个少壮上校军官五天内率领那两连伤愈兵士，向常德集中，并接收常澧师管区四营壮丁，作为本团补充。

过不多久，家中人都知道了。对这件事话说得很少，

232

年纪极轻的新妇，一个教会中学毕业生，身材小小的，脸白白的，穿着素朴，待客人去尽后，方走过大房来，站在门边轻声说："听说来了电报，你又要去了。你不是说可以休养三个月，现在腿还不好，走路时木木的？等脚好一点走，方便得多。"

"他们要人，大家都正在拼命，我这样住下来算什么生活！"

"那什么时候动身？坐船去，坐汽车去？"

"你理理我那衣箱去。我只要那黑色衣箱，衣服不必多带。"

"明天就要走吗？我娘还在路上。"新妇眼睛已湿，勉强抑止着感情，"医生说你还不宜上火线！"

"医生刚走！我全好了，不会出毛病。等等我同你说。"

新妇眼泪莹莹的无话可说，就走向自己的房里去了。

长兄嫂亦不说什么，只默默的为清理要带走的应用东西。到末了，两夫妇从楼梯后一个小房中搬出了两个箱子来，抬到小兄弟大房中去。把箱盖掀开，一打盒子炮，一箱子弹，算是给这个重上前线军人的礼物。哥哥笑着说："你到这地方，不想人家知道你是谁，怕招摇。

你到常德去接收壮丁，身边总得有点东东西西！你得把几位小将叫来，武装起来，才象个样子！"嫂嫂也微笑着，"你大哥以为你要的是这些东西，所以路菜也不预备。好笑。"

军官也无可奈何的笑着，虽口上说着"大哥，还是把你这些老式宝贝收起来，将来带游击队用吧。"还依然跑到木箱边来检查这些轻便武器。

第二天，七个随身的年青弁兵都穿了庞大棉背心，从收容所来见团长。有五个兵士是手足负过伤的。平时这军官以这些弁兵是为国家服务的，不是私人仆役，且刚从前线负伤归来休养，从不到家中来服务。现在听说不久又要出发了，因此来请示。七个人一排站定在院子中，听候训话。七个人都是小身个子，面目朴实而单纯。军官在换好了军服，要往收容所去接洽开拔各事，见几个同患难的小伙子，都因负伤瘦了许多，心中实在很感动。

"你们都好了吗？"

几个兵士齐声说："报告团长，都好了。"

其中一个又怯怯的说："团长，你也好了吗？"军官抿了抿嘴唇，点点头，不作声。

大家沉默了一会儿。军官又指定一个羞怯怯的乡下人样子兵士说："赵连璧，你膀子全好了吗？不能去就莫忙去。我们先到常德集中，一个月后再来还赶得及。"又向另外几个样子较活泼的兵士说："你们三个月的饷不是都领到了吗？怎么还是这副叫化子神气。一定都早已花光了输光了。你们七个人写个报告来，一人向军需处多支十块钱。就要走路，身体刚好，不能胡闹，知不知道？"

几个小子都要笑却不敢笑，低声答应"是"。

其时厨子正提菜篮回家，军官吩咐那厨子："唉唉，我告你，宋均，多煮些饭，煮一块腊肉，打两斤酒，要他们在这里吃饭。"回头又向几个兵士说："上楼去把那些枪搬下来，看看有几支能用。大先生怕你们用二十发的还不大习惯，送了一打老式盒子，要我们带到江西去参加反攻。"说到末了，不由得不笑将起来，"一颗子弹都不许掉落，将来还要带回来还大先生，带学生一道作游击队还有用！"

235

四

医生得到了消息，赶来看这个军官。好象对于这次开拔，有点突如其来，对许多问题，难于了解。

"人家请求休假不得休假，你为什么那么忙到前线去？"

军官仿佛很快乐的微笑说：＂闲不惯，你知道，享受这种清福，也是看人来的。我哪有这耐心？前面正要人，我料得到！"

"那么，为什么不派你接收家乡壮丁，倒接收沿湖各县的壮丁，这是什么意思？"

军官依然微笑着，"上头意思谁知道，同样是新兵，也差不多。就送我一团西藏人，只要有三个月时间训练，加上我那两连的弟兄，开上前去保你同样打得很好。这也有个秘密，用白面粉代替白药，你们不是在好些情形下，能够用这样药代替那样药？"

"小干部军官呢？"

"更方便。老同伙多着，听说我要去，都很高兴同我去。不要看我们这种破烂部队，到前面去，有两手！第一点就是谁都不怕。任你多少飞机多少大炮，总之不怕。

这就够消耗了。"

"可是到前面去也够受！"

"一个军人有什么可怕的？为国家，什么苦难都得忍受！"

"你要回到前方去，这里一定有学生要跟你去。他们都很热心，很敬仰你。"

军官笑了。"前面去不是玩的。他们说是那么说，恐怕去不了。你知道，热心和敬仰，都未必能胜过事实。他们正在中学里读书，太年轻了，事实上这些小朋友还是他家中的人，不能自主也并不十分要求自主。他们说要求自主。他们说要在本县做游击队，这是将来的事情，时候还早咧。现在战事正在争夺南昌，我去年驻扎过那地方大半年，一切地形都很熟习。这时节我要去很有用处。情形不好，我就留下来在他们后方工作，抽底子，一定打得很精彩。"

"学生肯跟你去学游击战，正是好机会！"

军官依然微笑着，意思象是说："机会倒很多。"但他却为年青人辩护，"还是让他们留在本地服务好。前方要人后方也要人。这战事正在扩大延长，一时不会结束的。本地可做的事极多，他们肯热心去做，比到前面去工作，说不定还有意义些，也还有用些。"

"你是不是对这些人有点失望吧？"因为医生从军官的微笑里，语气里，发现了一丝轻蔑。

军官连忙肯定的说："并不失望。正相反，我觉得他们很有希望。中国征兵制度一时难实现，学校军训又太不认真，读书人大多数还只是读书人，在这种情形下，自然不能把每个年青人在后方三五个星期中都变成一个真正好战士。好在中国地方大，人口多，问题复杂，凡事都要人努力。火线上拼命要人，社会服务也要人，便是学校读书，集会示威，推动后方，无事不要人。大家能够在同一目的下，各尽其职，就很好了。"

说到末了，他依然只有微笑。想起医生过去说的"年青人跟他明白了许多事情"，不免有点感慨系之。正因为接近了他们，他跟年青人明白许多事情。战事一时当然难结束，下级军官补充十分需人，一部分人以为学生军训已有了好几年，国家还保留学生不曾用，应当从学生想办法。并且在前方和陷落过区域的大后方，青年学生种种的活动，证明了这部分能力正可用。可是战争虽改变一切，终不能把内地还未经过炮火教育的年青人完全改造过来！到现在，在炮火所及的区域，年青人已明白战争不完全是粗人的工作，人人都有一份了，这就值得乐观。至于象这种地方，另外一部分学生，也会慢慢的从事实获得教训，由虚浮变成结实。这自然需要些时间，勉强不来，可有的是机会！

医生说："这几年我们社会'宣传'两个字太有势力，因此许多人做的事都不大落实，年青小朋友也不能例外。看看小册子，就自以为是文化人。我觉得有点可怕。"

"这也无妨碍。他们对国事很热心，就够了。对战事还近于无知，这需要时间！"

医生问他什么时候离开。他说："正等候师部回电。这里有两连本师伤愈弟兄，预备跟我一同走。总部意思把这两连人由我率领，开到长沙去，编作荣誉大队，作个模范。到时说不定还有各界团体给我献旗！我想算了吧。这么办就要团附带去好了。这战争去结束日子还长，我们并不是为一种空洞名分去打仗的。国家不预备抗战，作军人的忍受羞辱，不作声。国家预备打了，作军人的，唯一可作的事，就是好好打下去，忍受牺牲，还是不用作声。放在我们面前的是事实，不是荣誉！"

医生不知说什么好，轻轻的叹了一口气。因为他明白许多年青人并不明白的问题。

军官的哥哥，那个矮小瘦弱的小老头，带了个小小纸包，由外面回来，孩子似的兴奋，一面解除纸包一面笑着说："这地方，亏我找了好久，才得到这点东西！"医生看看，原来是一盒彩色粉笔。

医生说："大先生，他们不来团长这里上课了，白忙坏了你！"

"忙什么？他们现在事情多，不久又要办慰劳会，送过路××军了。过些日子一定会来的。我花园里靶子也预备好了，还要借我枪打靶的。我说枪借你们无妨，子弹得自己想办法，我的子弹是要留给打小鬼的。"

医生向军官说："大先生真热心，一天忙到晚，不知忙些什么！"

大先生却解嘲似的说："天生好事，我自己也不知忙些什么！"

军官把话引到另一回事上去。"好天气！"他想起上次由火线上退回来时，同本团两百受伤同志，躺在向南昌开行的火车上，淋了两整天雨，吃喝都得不到。车到达一个小站上，警报来了，亏得站上服务人员和些铁路工人，七手八脚，把车上人拖拖抬抬到路旁田地里。一会儿，一列车和车站全炸光了。可是到了第二天，路轨修好，又可照常通车了，伤兵列车开行时，那学生出身的车站长，挺着瘦长的身子，在细雨里摇旗子，好象一切照常。那种冷静尽职的神态，俨然在向敌人说："要炸你尽管炸，中国人还是不怕。中国有希望的，要翻身的！"想起这件事情时，军官皱了皱眉头，如同想挪去那点痛苦印象。

军官象是自言自语，答复自己那种问题："看大处好，看大处，中国有前途的！"

大先生把粉笔收了，却扛了一个作靶子用的木板来，请军官过目，看中不中用。

说起的问题很多，这个医生好象为军官有点抱不平，表示愤懑。可是这年青军人，却站在一个完全军人立场上，把这件事解释得很好。总象很乐观，对一切都十分乐观。且以为个人事情未免太小了，不足计较，军人第一件事是服从，明知有些困难，却必需下决心准备去努力克服这些困难。说话时他永远微笑着，总仿佛对战争极有把握，有信心，不失望，不丧气。

几个青年学生，为当地民众防空问题，跑来请教，才知道这个军官五天内就得回到前方去的消息。几人回学校时，就召集代表开会，商量如何举行欢送大会，献旗，在当地报纸上写文章出特刊，商量定后即分别进行。

师部第二次来电，对开拔时日却改五日为三日，算来第二天就得出发。团副官当天就雇妥了大小七只空油船，决定次日下午三点集合开头，将船直放常德。

第二天下午两点钟左右，军官已离开了家中人，上了那只大船。另外几只小船，和大船稍远，一字式排在河码头边。一些军用品都堆放河滩上，还在陆续搬上船。军佐们各因职务不同，迟早不一也陆续上了船。这些年青军人多自己扛着简单行李，扛着一件竹篾制成的筐笼，或是一个煤油桶制成的箱子。更简陋一点的，就仅仅一个小包袱。有个司书模样的青年，出城时，被熟人见及，问道："怎么，同志，又要去了吗？"这年青小子就笑笑的说："又要去！把小鬼打出山海关去，送他进鬼门关。"

这些人若是老军务，到得河边，一看船上小小旗帜，就知道自己的船是第几号。若是初来部队的，必显得有点彷徨，不知自己应上哪只船。

因为公家用品不少，船上似乎很乱了一阵。渐渐的，先前堆积在码头上舱板上的杂物，枪支，子弹，手榴弹，和被盖行李，火食箱与药品箱，酸菜坛子和成束烟草，可入舱的都已经下了舱。那两连伤愈兵士，都穿了崭新棉袄，早已排队到了河边，在河滩上等待，准备上船。看看一切归一了，也分别上了船，一切似乎都妥当了，只等待团长命令，就可开头。

那军官站在自己乘坐那只大船船头上，穿了一身黄呢军服，一件黄呢外衣。两只手插在口袋里，来回走动。间或又同另一只船上或河滩边一个军官，作很简短谈话。一个陌生军佐，在河滩边茫然不知所措时，他打破了自己沉默，向那个部属发问："同志，你是第几连的？是师部留守处的？"到那军佐把地位说出时，就指点那人应上某一只船。并回敬岸上人一个军礼，随即依然沉默下来，好象在计划一些问题，又好象只是漠然的等待。一个军人对于当前战争的观念，必然在荣誉、勇敢、胜利

243

等等名词下，产生一种刺激，重上战场，且不可免为家中亲友幼弱感到一点依恋之情。这个军人却俨然超越这些名词和事实，注意到另外一些东西，一些现象。虽显明为过去、当前以及那个不可知的未来，心中感到点痛苦，有些不安，然而却极力抑制住这种痛苦不安。

对河汽车已到了站，只见许多逃亡者带着行李正在渡河，河边人多忙乱着。

一会儿，医生带了一箱药品，忙匆匆的跑来了。两人站在船头谈了一阵，医生有事就下了船，到河滩上一面走一面回头挥动他那顶破呢帽子，一不小心便摔了一跤，爬起身笑着，揉揉膝部，大声嚷着："团长，到地写信来，写信来！"高大身影就消失在临河吊脚楼撑柱间不见了。

其时两个青年学生代表，正从县党部开完会，在河滩边散步，商量后天欢送大会的节目。年青人眼睛尖，看准了船头上站定的那一个军官，正是住在山上黄房子里的那人，赶忙跑过船边去，很兴奋的叫着：

"团长，团长，我们今天正开会，商量欢送你和鱼伤将士重上前线，议决好些办法！这会定后天举行，在大东门外体育场举行！"

军官见是两个学生，"不敢当，不敢当！我们就要开船了。"他看了看表，"省里来电命令我们今天走，再有三十分钟就开船了。请你费神替我向大家道谢，说我来不及辞行。难为了你们，对不起！"

"怎么，你今天就要走吗？"

"就是现在。请转告同学，大家好好的努力。到了地，我会写信来告诉你们的。"

两个学生给愣住了，不知离开好还是赶回校里去报告同学好。两人在河边商量了一阵，还是走了。一人预备回学校去报告，另一人本拟去党部报告，到了大街，看看时间已来不及了，走回头走到城门边杂货铺里买了两封千子头小鞭炮，带到河边，眼见大船已拔了锚，船上人抽了篙桨在手，要开船了。军官站在尾梢上，用望远镜向城中了望，城中山上那黄房子，如一片蒸糕，入目分明。其余几只小船都在移动跳板。几个后出城的小军官，在吊脚楼边大声嚷着："等一等，等一等，慢点走！"气喘喘跑到了河边，攀援上了船。学生十分着急，想找个火种燃点鞭炮，却找不着。

"团长，团长。他们要来送你的！慢一点，慢一点！"

大船业已离岸转头了，尾梢上那面国旗在冷风中飘动不已。军官放下望远镜时方看到岸上那一个，便说："好兄弟，好兄弟，不敢当！你回去吧，不敢当！……"

忽然几只船上士兵唱起歌来了，说话声音便听不分明了。学生感动而兴奋，把两手拿着鞭炮，高高举起，一人在那空旷河滩上，一面跑一面尖声喊："中国万岁，武装同志万岁！"忽然发现前面一点修船处有一堆火，忙奔跑过去把鞭炮点燃，再沿河追去。鞭炮毕毕剥剥响了一阵。又零落响了几声，便完事了。船上兵士们也齐声呐喊了几声。

橹歌起了，几只船浮在平潭水面，都转了头，在橹歌吆喝中乘流而下，向下水税关边去了。年青学生独自在河滩上，看看四周，一切似乎很安静。竖立在河边大码头的大幅抗战宣传画，正有三个船夫，在画下一面吸旱烟，一面欣赏画意。吊脚楼边有只花狗，追逐一只白母鸡。狗身后又有个包布套头的妇人，手持竹篙想打狗。河边几个担水的，还是照样把裤管卷得高高的，沉默的

246

挑水进城……

那学生心里想："这不成！这不成！"一种悲壮和静穆情绪揉合在心中，眼中已充满了热泪，忘了用手去拭它。

河面慢慢的升起了湿雾，逐渐凝结，且逐渐向上升，越来越浓重，黄昏来时，这小山城同往日一样，一切房屋，一切声音，都包裹在夜雾里了。